明·周是修 撰

芻蕘集

（一）

中國書店

詳校官刑部員外郎臣許兆椿

臣紀昀覆勘

欽定四庫全書　　集部六

芻蕘集　　別集類五　明

提要

臣等謹案芻蕘集六卷明周是修撰是修初名德以字行泰和人洪武中舉明經授霍丘訓導遷周王府紀善王多不法是修動繩以禮今集中修己十箴與保國直言二篇皆是時作也王敗之後官屬皆緣坐是修以能諫

得免改調衡王府紀善既而入直翰林預纂修建文四年燕王反兵薄京城是修與楊榮楊士奇胡靖金幼孜等約同死國難諸人陽諾之燕兵既入士奇等爭先推戴是修乃獨

賜謚忠節事迹具明史本傳後解縉為作誌銘但稱歸京師為紀善預翰林纂修以死竟没其

詣尊經閣自經乾隆丙申

殉節事楊士奇為作傳乃言其自經應天府

學益縉作誌在永樂元年士奇作傳則在宣德四年也傳又稱是修數論國家大計至指斥用事者誤國用事者怒衆共挫折之云云蓋欲明是修非齊黄之黨以避時忌然草除之際取義成仁但問臨難死不死不問持議同不同縱使有之亦不害其為忠臣不能以是抑是修也是集為其孫應鰲所刊凡詩三卷賦及雜文三卷非惟風節凜凜溢于楮墨

即以文章論之亦復無愧于作者末附縉所作誌銘士奇所作傳可謂白茅之藉矣姑並存之益以彰是修也乾隆四十九年三月恭校上

總纂官臣紀昀臣陸錫熊臣孫士毅

總校官臣陸費墀

欽定四庫全書

芻蕘集卷一

明 周是脩 撰

五言古詩

述懷五十三首

登高望八表世道何悠悠衰榮無定極往復更相酬誰爲陽和春及此肅殺秋人生忽如寓百歲苦不周鶴髮每先待朱顏難久留彭殤均絶逝何庸資短脩惟當飲

美酒樂從天者遊
吳水秋浩浩楚山晴蒼蒼美人在南國節操凌氷霜隔此萬里遠夢寐時彷徨西風吹鴻鴈音耗不得將行行江皋路采采夫容芳愁去吳山濶愁來楚山長無能共清渚飛作雙鴛鴦
東汎元冥海西登太華峰豈不念遐往塵土將安從仙人韓湘子千載顏如童飄飄紫雲上羽輪翳回風大笑揖王喬長歌隨赤松嗟彼世間人生死無終窮

晝有千種慮夜無一枕眠所以思者何美人邈遠天秋
風入庭樹憀憀號寒蟬飄飄雲想衣灼灼花想鈿玉顏
不可見空記平生言秦吳非易越悵望寒鴻前
幽冀車可驅洞庭舟可浮何能離塵鞅超然賦遠遊遠
遊無有期徒此坐悲秋帝子滯香魄萬古湘水頭蒼梧
咫尺距不見重瞳丘何以托遺恨野竹淚痕留
相如未得意偶然遇文君何因即同載萬里瀼西行婦
德固已失竊貲名亦成匪為足素願聊以慰羇情古禮

重親迎終始猶難憑所以既榮貴一朝聘茂陵
韓信本忠臣一心佐漢主指揮百萬師竭力定疆宇大
義重如山王封就荆楚來朝忽被縛無乃大荼苦淮陰
雖可侯終愧虎變鼠功成不退身無恨蕭與吕
屈指古石隱吾愛黄綺公潛身遠世禍落落商山中學
仙非有意採芝寧固窮為國遂一起反正如旋蓬功成
仍蹈海羽儀穹飛鴻徒令厲操者萬古歌清風
鳳飛九霄上五章翳朝霞乃集大皇野保珍遠物華竹

實以爲食梧桐以爲家聖世既休明四海靜無瑕感治
遂来儀和鳴獻仙𧨏復優樊籠累竟去不可遮何能隨
燕雀枳棘争喧嘩
白璧生崑崙輸致乃人間韞匱以待價不與時往還銜
售非所欲棄擲非所患借令横道側終自遠險艱千金
謝雕琢寧爲瑱與環五瑞出皎潔願隨羣後班明王重
朝會萬古光聖顔
我有兩龍劍閲世三千秋堅鋼出百鍊笞色古且幽異

哉歐冶子功與造化侔劃水蛟鱷斷指空鬼神愁精光不可掩夜夜衝斗牛所恨際休明鋒芒久潛収願持獻天子為斬佞臣頭

桂樹生高崖春風吹拂之崖桂自不芳春風本無私非疾桃李艷由来各有時暖雨都城陌晴日倡家蹊雕鞍逐繡轂行樂競繁滋翫賞朝不食歌舞夜忘疲秋霜搖落盡芳芬誰復知

誰種岩上竹如斯茂且長誰植畹中蘭如彼幽且芳猗猗浥朝

露灑灑凌秋霜亦不羨新緑亦不笑芸黃但愛貞自保歲時永相望竹以中簫韶蘭以紉佩纕美人如既遇逐爾遠翺翔

朝游芳菲園望望桃李花匪不愛其艷榮衰終奈何長安貴游子走馬事豪奢年垂二十餘意氣横天涯晝食信陵門夜宿嬌娆家青陽有徂邁白日有西斜歸来覽明鏡徒感雙鬢華

涉江采芙蕖秋水湛虚碧停橈向中渚浩歌感疇昔世人恣險巧奔走竟朝夕壤壤財與狼小大相啖食願言

擴風埃載覩羲農日皇王直垂拱四海仰至德孰知太
古初混沌無一物
蜂蟻有君臣伎伎岩穴間肝心事其上時往時乃還一
以勤致遠一以固守闕誓不圖苟活使君罹險囏微物
尚如此人胡獨弗然嗟彼趙高徒擅國恣兇奸下視蜂
蟻性何能無厚顔
走馬百萬里言志天一方北風振大漠白日慘精光前
有桑乾原傳是古戰場天陰雜鬼哭死骨如高岡寒雲

塞闊隴沙草淒已黃云昔霍嫖姚兵氣橫秋霜長驅無敢敵親斬月支王功成畫麟閣龍沙空莽蒼

去日既已矣来日復如何百年寓天宇曾無瞬息過少壯不為樂老大空情多東風入都國萬物感陽和葡萄熟千斛日縱金叵羅結交貴公子劍佩聲相磨高歌引雄辯取醉無其他寧為小兒女白首歎蹉跎

岱山東峨峨上與雲霧連距天不咫尺星宿羅其巔德位並羣岳崇祀每當先君哉有虞氏因時惕乾乾重瞳

燭萬里體用何兼全五載春仲月龍駕來翩翩玉帛耀
精靈禮樂感神天以不讓土壤故乃大若然
黄河發西昊下決崑崙峰奔流幾萬里上與滄溟通混
混越千載載清明聖逢念哉昔多士禍已投其中精魂
竟何訴事業一朝空君子貴知命胡為罹此兇坑儒翦
嬴喬用傑興炎宗所以血未化唐祚亦隨終
大化每不息衮衮東逝波少壯能幾時其如老大何盛
極衰已至樂盡哀還多白日無復返青陽寧再過昨為

綺羅園令成衰草坡昨為紅顏子今成鬢皤皤云胡有
美酒日夕不高歌
至理無定在一物一有之達士每豹變愚夫獨狐疑死
生事所常輪遞何休時衰榮分所固来往可前期不見
東園花灼灼方滿枝轉眼逐風散零落已塗泥借問路
行人陸陸爾何為
朝出都城門遙望都城道道上誰家兒駿馬嘶煙草玉
帶宮錦袍意氣凌穹旻斜過寶釵樓樓前春正早樓頭

美人笑笑臉逾花好下馬醉紅妝芳情兩傾倒明日復明年相看不知老

十載長安路始出咸陽關倦行弔今古落日北邙山山上何所有萬塚榛蕪間强半金井塌朽骨露班班人語狐兔走煙景莽愁顏多少英雄人棄世不復還貴賤共無主歎息未應閑

昨日還今日韶光易云徂今年復明年萬物遞榮枯人徒為物靈而於物不如貴賤共奔走壤壤混塵途不見

南山松青青千歲餘不見東海鶴翩翩長與俱念哉此
人世幾許竟成虚
昔人多愛酒為會酒之真不飲愁萬結飲之愁自伸醉
醒醒復醉恍然忘此身八仙本高士七賢豈衆倫囊括
經濟術觴咏日逡巡窮通付天命富貴等浮雲九原今
可作願爾與為羣
籬落秋蟲鳴煙火四鄰息匡坐不笑語悠然念羣物春
風昨相過天地皆顏色從誰降嚴霜一朝盡摧絶壯士

起北邊美人怨南國光陰無少留胡為久離别老大空
歸来相看兩華髮
賤貧衆所惡而乃士之常束書反故園結屋瞰青江稍種
門前柳亦種墻下桑深居觀元運外物徒擾擾達人無
不可用行舍則藏固哉亞父輩赤心龍戰場劒術豈不
精奈何天命王
日入機暫息日出還復萌世俗恣貪黷晝夜亦無分不
自揣已量碌碌空勞生智哉龎德公移家歸鹿門山月

長對眠隴雲時伴耕身潛名益遠心斂道彌宏惟存一
清約持之遺子孫
屏跡衡門下久於世物違君子抱大道動靜貴知機躬
畊足我食婦蠶充我衣萬事付不理雲林日因依湘水
有懷石首山有采薇大節固莫奪天命亦何非子真千
古士願與爾同歸
人道寧有異天命亦何窮禮始經夫婦由為萬世宗荒
哉楚襄王浪跡陽臺中神姝那可御夢寐空情濃海水

三千丈巫山十二重朝雲何處在暮雨莫相從
萍根無所著蕩漾江漢間與浪共浮没隨風相往還乾
坤同大塊日月比循環人生少百歲能得幾時閑物情
常横擾世事苦相關鼎湖龍既遠胡髯那可攀居然就
衰暮歎息此容顔
朔風號海甸十月雪漫漫晝戟攢雲暗鐵馬蹴氷寒但
顧主恩重寧論北伐難漢宫抵踈勒敵騎淨皐蘭孤軍
勢逾險百戰陣仍完殺氣無時合兵符隱夜看功名何

足貴所願致君安
漢國千年固朔方萬里平那堪風雨夜夢不到咸秦漢漠雲山白悠悠雲鴈聲令嚴鐵衣冷雄劍動光精男兒生盛世有身當奉君但謂奇兵出邊塵日可清何知沙漠迴白首未成名
丈夫英烈志充塞天地中言行務挺拔蓋與世雷同用則行吾道不用歸固窮寧為祝鮀佞以自屈其躬依山結草屋畊釣學三農野水魚蝦盛石田禾黍豐高歌養

時晦不愧古人風

窮達付天命胡宜心苦憂玄穹馳兩曜羣動不能休風霜逼歲杪感化生遲留汲汲者誰子走馬出南州路逢徒步友相喚不回頭意氣可時羨功名邪未收古來豪俠地惟見水東流

朝看上林花夕飲長安酒酒酣發浩思舉觴復停手萬化出堪輿禍利何紛蹂達人會元命進退惟貞守云胡儀秦輩危邦日奔走大道既不行取遇資辨口地下會

相逢寧無慚泄柳

西行一萬里郡國何遙遙馬鳴寒日暮始至咸陽橋渭水自縈帶函關空寂寥秦家故宮闕離離惟黍苗漢陵松與柏枝幹半成樵草間兩翁仲似欲語前朝廢興雖定理遺跡幾時消

中古漢而下為國少足珍唐宋肇大業所貴亦以仁魏晉更竊取禮樂俱無倫我皇撫大運有位以得臣龍飛應九五天地感陽春德化慕初古風俗盡還醇終當億

萬世軌範希聖神

孤鳳日空谷羣龍已滿朝濟濟論大道何君不舜堯九

衢凌禁籞萬井寂春宵旗旌隱閶闔鐘鼓聲㧖摇雞鳴

長樂曙珂珮響雲霄披誠謁明主天鑒亦非遥願言光

聖化亘古聽簫韶

大賢始未達緼德恒若愚一朝離草野虎變驚寰區禄

位極卿相勛業應都俞云何渭川叟獲載周王車云何

陽武士得賛漢皇圖當其囊括時舉於衆不殊飛騰在

頃刻四海謾嗟吁

浮雲蔽天日游子何時歸關隴無窮極北風始寒威荒

城饒古木落葉隨人飛昔別期半載三秋音信稀何如

比翼鳥何如連理枝同生亦同死終始得相依感之益

惆悵涕淚满裳衣

人生如夢泡憂樂無定端歸休常未久別去每漫漫雲

平雨雪暗陰盛北風寒君今在萬里言念衣裳單光景

亦何速曾不比奔湍安貞信為臣古道良獨難幽憤積

中曲無言坐長歎
萋萋南澗草灼灼東園花豈不念容色獨奈景光何昨日日苦短今日日復斜青陽坐遲暮為樂可蹉跎李膺匪名士石崇豈豪家得失更相酧盛衰遞来過寧不知至理悲悔徒自多
前有三十年强半向蒙童後有三十年强半已老翁少壯幾何時榮辱在其中茍於志弗立徒爾榮厥躬世治貴行道世亂尚高風顔子在陋巷一瓢常固窮而不改

其樂賢哉疇與同

出門省時物薄言向東郊秋風入灌木百鳥為悲號復見孤飛鶴唳繞長林梢傳書亘遼海羽翮無乃勞於焉思一息而奈失其曹鴟梟上翔集狼虎下咆哮縹然載高舉人間那可巢

悠悠世間事得失何定期貴富信非榮祇自取驅馳苟違取舍機幾不取傾危君看石崇宅金璧爛光輝始謂可千歲禍乃不移時慢藏祇誨盜聖言豈我欺咽絶無

復續雖悔其可追

去日復来日光陰苦相催千里復萬里世道何悠哉古人已不復今人徒自哀甲第變畊隴荒墟且崇臺興廢在眼前惻然感我懷千名羞苟進著業之長材惟酒可托興焉得日銜杯

昨日見君情不殊弟與兄今日見君情不殊岐路人其故為何歟無乃有衰榮蘇秦未得志妻嫂亦相輕買臣既貴遇愚婦悔何勝交態亦如此翟公昔署門邈哉管

鮑道千古疇能并
遅遅三春日照耀綺羅園園中松栢姿何如桃李妍惟
見東家婦采花時笑喧妾非以離恨禀性惡其然但願
君早歸白首共周旋桃李任衰榮松栢且孤堅
海水浚不測關山高不逾君去日已遠妾在當何如風
煙耿吳越徒此長嗟吁所願山可摧復願海可枯山摧
為平地海枯成坦途萬里無寸險一日可回車
登山采靈草悠悠念長生長生不可念且遂探芳行曠

哉秦臺子雙聲調玉笙清商汎穹昊鸞鳳感和鳴倏爾
凌空去渺若秋雲輕徒令企望者蒼然熱五情世間榮
辱夢終古未應醒
達世慕真境洗心謁名山數峰稍前入斗已失人間珠
泉激瓊硐碧殿照瑤關松桂更無古鸞鶴不勝閒仙人
長笑語握手話金丹谷神期不死鉛汞任循環願言就
兹隱千載駐紅顏
寓言

陰陽分晝夜輪運浩無窮時物更代謝孰知玄化工人生如夢寐即寤永成空幽觀衰榮眹往復邁旋蓬鄙夫昧達識眇然隨所終賢豪闕世運用舍合中庸進由吾大道退厲吾清風載歌紫芝曲不愧商山公

結交

掾交若松栢嚴霜無改顏良交尚胥益薰襲逾芝蘭時交桃李容朝結暮摧殘又如淵澤靜一激興波瀾交情貴有常固結豈誠難道同心亦合弗在多誓言苟非盛

德士反側須臾間

感遇三首

吟詩愛千章靡益於世道是則徒爾為雖多胡足寶譬入東風林炫目多花草容媚可人怡饑至莫余飽曷若事西疇省彼粱與稻實為卒歲憑永焉夭命保

登山慮其高涉水憂其深獨於處世人而弗度其心其心一弗度言貌終難諶反是曷謂智徒多咨陸沈盍聞方寸同厥利猶斷金此正彼無邪讒毀孰余侵

服牛待余耕乘馬待余行蚩蚩乘且服驅策不少仁安知有血氣何獨能無情所以異貴賤由人為物靈資用竭其力可不見推恩嗟彼殘忍徒戕之如折莖

咏林居散生

隱山不在深情高喧自寂交友不在和誼合踈自密世人多巧智動靜恒匪然末榮本不滋曷免終摧頹惟君拔俗流於余實同調惟余好斯人於君亦知要白雲蔭松石寒泉漱庭除匡坐論太古方寸擬堪輿萬里出從

中舒卷俱自得山重非可移淵浚宜莫測清風千萬古濁酒三五杯彈詠續歡洽浮名何有哉琴以揚徽音詩以發素抱願言永陶陶窮通付穹昊

憶王兄韻

菀菀庭際陰煒煒松下花松姿固自持花艷終可嗟徒令益幽思於是感年華年年華從何逝長見白日斜君子抱古道屏居河水涯累月莫予遘人生終幾何腊彼檀木車秣此黎眉駒所願憂懷寫無論途路賒

憶贈游子哲

晨興振煩襟悵言臨清河俯視河水流去去無回波人生如夢寐得失常苦多潛鱗思淮淵翔鳥戀故柯維物知所止獨奈世人何君為巢由隱洗耳矢靡他養道日游詠考槃雲在阿白雲長共棲紫芝時復歌願言往從君吁嗟乎蹉跎

夏夜有懷王凡學

明月何燭燭良夜亦悠悠攬衣歷前除閒詠以銷憂俯

褰幽蘭芳仰視天漢流鶉火司夏令玉衡指炎州感兹
氣象暘念彼平生儔山高而水深于焉成阻脩嘉會邈
難即何以結綢繆陰陽無停機榮枯遞相酧百年苦短
短況若參辰游美酒聊足揮丹經安可求願君固貞節
歲寒保康休終朝拾瑤草三山尋十洲

秋夜有懷武陵舊友

片雲停西南下與山翠接寤言同心人於此三歲别道
路阻且長何時見顔色我有枯桐琴朱絃久徒設欲為

孤鸞操中内增永結思將持贈君千里非易越悠哉清秋夕不忍對明月

枕上憶禮用黄文學

旅枕春夜長雨聲繞松屋窻虚羅幌寂輕颸動餘燭展轉寐不成幽思溢中曲嗟彼同心人言貌温且淑别兹良已久懽晤靡何復迨迨雲山青洸洸江水緑握手當何時還來盡忠告

田家秋日

十七

衡門逼幽蹊曲巷通極浦十家兩三姓世世相托處舉目皆累姻出入無齟齬男為東舍郎女作西鄰婦寒風及秋社豚酒酬田祖老妻燒紙錢稚子喧銅鼓漠漠柘園煙紛紛芋田雨歸來肆筵席既醉相爾汝王租既蠲免官事亦有數且願日昇平皥皥如太古

已未九月余新歸灉江度構茅居甫成姻兄王氏效先有詩見美倚歌和之以酧其深意云

周孔既已矣哲人將疇歸萬物自榮謝蒼蒼含朝暉結

廬還故里恐使初心違爲山期九仞覆簣功寧虧載歌太古音泠泠空自知

又

聖人百世上我乃百世下壤壤塵途間未有忘情者淫詞尚新聲薄俗輕大雅明珠混魚目疇能别真假結廬隱其身翛然傍林野

城南小隱

萬冗作由心心遠喧竟寂孰云事真隱而必離廛邑惟

茲方寸中渾然有太極衆人固蚩蚩悟之在達識倬彼高世士抱道慕閑逸舊宅城南隅處甚岩岫僻曠哉煙霞想變化隨所即礪齒何不堅循壁亦有石洗耳何不清蔔郭亦有澤寤言宇宙間焉往不自適溯觀巢許流千載猶一日

古松吟

道周古松樹半榮半已枯長絲斂柯葉流膏出皮膚見斤斧痕文理爛交敷歷歲豈不深養質心匪虛孰俾

夜焚之光輝發烜如致民思利用斬鑿及根株嶷嶷中澤棘菀菀高林樗非材衆所棄生意迺有餘反嗤爾為松憔悴獨何歟

感懷三首

芳桃笑春風穠李耀晴日偶蒙化工榮光彩不可敵盛時能幾許零落各相失詎知寒松心凌霜如鐵石

周旦匡王室而罹管蔡謗不資穹鑒明聖德幾淪喪二年罪斯得雷風感天象懷哉時世遠光澤不可望

皇天泬以穹后土漠以廣善惡雖萬殊報施終不爽大人知至道日鑒於既往嗟彼盲瞶徒逐物空鞅掌

靜夜思

天地同逆旅春秋比流波昨昔樂苦少今茲憂復多孅人而離居其如良夜何良夜殊未央悵言臨中堂秋風泫零露初月揚清光我有枯桐琴爰以托遠心哀絃徒激烈愁絶無知音太行豈不高黄河豈不深夢魂終不隔萬里還相尋

懷遠有作

流離悲夜闌月隕山正黑幽閨破殘夢欹枕益悽惻同心與我違九載燕趙客大車即長道利往不改轍人世如蜉蝣變化曾倏忽何有龜鶴齡而耐此遐别願言勿復思思之淚成血

春日言志

晴光灑榮樹好鳥鳴其間幽人啟前戶盼之以怡顏樹色正葱蘢鳥聲何綿蠻物情本自適於時亦相關乾坤

同大塊寒暑交循環變化豈終極枯榮倏往還云胡百年内不有一日閒智哉張子房功成遠所患寒流松石上辟穀聽潺湲

種樹詩

生有種樹癖性禀由孩提五歲藝菽麥幪幪輒成畦七歲讀書暇封植靡他為九歲已悟達益諳相土宜百穀暨蔬果根荄日數移行年十三四把筆耽文詞朝誦槖駝傳夕歌生民詩始祖出姜嫄艱食肇播施奄然即邰

室德教萬古垂嗟哉丁末裔心好同規規欣逢堯舜君委身常恐遲中原遇龔遂與爾爭先馳

華蓋山

東風吹大河河水為上湧緬思華蓋居巢雲絶塵冗埈時月滿軒耕處雲生隴何當命巾車相從服鉛汞

黄麻峽

遠聞黄麻峽自卯行及酉溪聲咽復喧山勢回不走居民實醇朴安用巡徼守男耕而女織帝力亦何有

梅花源

山行五六里峰勢忽亂巙前有梅花源人煙帶丘隴天寒雲木交晝晦風水湧近聞豺虎多深入能勿恐

夏莊里

山行巇嶮極言至夏莊里俯視見人煙直下在地底結屋自為鄰闢門齊向水嘗披桃源圖何有踰乎此

花陵渡

路窮春江長江上花陵渡東風桃李花多少隨流去野

航容數客来往衝紅雨日夕望煙波武陵更何處

武婆岡

處女桃花顏自幼謝塵匹飄然入兹山燒丹學仙術乘雲以何代留名至今日徒令凡世人千秋指遺跡

太平洲

一水分復合是有中流渚溯洄從其人道阻心良苦其人美如玉遠世甘獨處秋風把釣歸遶屋松蘿雨

黃衣岩

崇峰出百里岩壁亦何峭神功擘元氣中有太古竅青雲從下起白日當前照仙鶴不重来年年野花笑

尖心峰

東郡富原田西顧曠平永青峰特中起卓立勢拔笋造化固根荄陰陽定標凖何當躡層雲臨覽至絶頂

大石門

兩山夾長溪石壁忽䚗截一竅正中開巑岏象棖闑不假造化功世人焉得設萬古秖如斯消磨幾行客

釣魚臺

仙人何代飛空有垂綸所危磯枕中澤形勝猶太古奔流怒出峽衆巘欣承宇悵望嚴子陵山秋紫蘿雨

鸕鷀港

十家同一姓浮處依巨港取魚以為活鸕鷀代罟網田園世外疎兒孫眼前長何當命輕舠煙波共長往

白水湖

平湖淨如練光氣日舒卷秋水荷花鮮西風棹歌遠美

人居上頭游子無時返行見紫鴛鴦惆悵天涯晚

白下縣 秦和縣古名

大河東遥遥孤城忽如塊臨流起層閣危軒俯長瀨西山當倚晴究若蛾眉對日夕望闉都車馬空横潰

送胡生歸秦川

别我胡草草送君良遲遲車膏馬既秣不得留金羈楚水涉今日秦川到何時天涯欲相見惟有夢覗知

送吳撝遠遊

南州有一士高視絶今古被服千金裘驍騰五花馬方當客吳越復欲游梁楚天地入浩歌安知行路苦

夏夜咏懷

蘿月白於練松風涼於水幽人感芳序攬衣中夜起天河向西注斗柄當南指流螢輕入幔啼螿亂喧耳寂寂愜深情悠悠思至理兩儀立四極萬物遞終始金石有銷鑠人壽安足恃動静榮辱隨存亡哀樂繼所以達識人用舍由行止居偏俗事稀魚肥新酒美酒酣發浩歌

響徹青雲裏正命托堪輿何樂可代此

過友人墓

天地育羣物衰榮迭新故苟非金石資疇能保晨暮水逝不復西葉凋長辭樹昨日眼中人今朝隴頭墓永寐長夜臺無時見明曙感此心悲傷彷徨以懷顧彭殤均朽化何術可獨固吾將營姹女九轉童顏駐鼎湖有飛龍乘之上升去願從軒轅游復與王喬遇呼吸元和精服餌玄牝素萬期為須臾八荒等庭戸俯視閶門閶茫

茫自塵霧

贈王凡學

人意自南北豈在山與水苟非道誼合對面若萬里碩人賦考槃于彼河之涘作疎動旬朔音問苦不至白露結爲霜百草中夜死楚郊鳴寒鴈蕭蕭無停翅日月忽居諸人生倏如寄感兹氣候易耿耿懷宿契荒哉雉壇盟反顧惟隕泪輕薄寒路衢奔驅競微利變態須臾間禽獸安所異君子德義敦中路忍忽厭顧言勗始終相

善以没世毋為投井心下石逮其甦載歌伐木篇書以謝知己

幽居對雨獨酌

幽居一日雨高坐不出門江風逾箭疾隴雲仍壘屯驚魚晚時躍棲鳥寒不喧發我對韭苗滋我松竹根静言觀物理生意何其繁家人慰沉默洗杓開小樽斟酌勸飲之兀然醉乾坤塵土彼塵土得失焉足論

清夜思

迢迢清秋夕悠悠千里思孅人一為别邂逅杳難期月滿寒露零驚烏號南枝空庭耿無寐輕飈入羅幃感兹益惆悵人生能幾時離多而會少胡然心不悲安得臨風翼歘忽想追隨

芻蕘集卷一

欽定四庫全書

芻蕘集卷二

明　周是脩　撰

七言古詩

長安古意

長安二月三月時千門萬户春風吹綺構瑤臺相照耀香車寶馬並驅馳驅馳照耀皆豪貴九棘三槐夾三市鼎食鐘鳴將相家朱簾繡柱王侯第王孫公子盛繁華

山珍海錯棄泥沙銀鞍斜度官溝柳丹轂橫移御苑花
花歆柳艷春明媚嬌鳥亂啼花雨細璚宮錦殿傍雲開
疊鼓龍簫震天起美人内屋艷神仙鉛華絃轉春爭妍
爍爍珠屏交綵幄隱隱羅幃分玳筵蘭殽桂酒芬芳發
象筯瑤杯光彩徹翠釜金罍不暫停雕盤玉盌紛成列
迴瞻複道接雲甍都城佳氣正氤氳僊龍絳闕凌青漢
九鳳紅樓瞰紫雲紫雲翠霧碧煙空文窓藻檻何玲瓏
流鶯獨繞昭陽殿芳草深迷長樂宮漢代中興富名將

百戰功成心益壯閒来賭酒千僕姑意氣相排不相讓
半酣徑上寳釵樓赤闌四面俯皇州一羣粉黛成歌舞
千種風流生勸酬樓前兩兩鴛鴦度樓下雙雙鳳凰舉
鳴璫背解玉纖輕弄色凝情羞不語就中心思可誰同
平明扶上玉花驄自言百世無衰老自謂千載長英雄
可憐光景留難住秋風一夕生庭樹歌亭寂寞荒草寒
舞榭蕭條殘葉暮昨日紅顔美少年今朝潦倒那須數
將軍舍外無人過廷尉門首堪雀羅吁嗟盛時不復作

金莖銅狄隨消磨君不見廣成山中白雲宿安期海上顏如玉軒轅已駕鼎湖龍漢武終歸茂陵麓別來儵忽三十年海水幾變桑田緑

塞上曲

北風獵獵衰草黄塞馬壯健敵人長馬嘶風勁角弓響射斷天邊鴻鴈行驚沙亂起愁雲變人馬相聞不相見單于夜半未歸庭昭君空抱琵琶怨泪雨濕花香滿面

塞下曲

十月祁連三尺雪孤軍萬里煙塵絶鼓鉦不動馬停嘶北風吹凍衣裳裂元戎怒奮黃金戈夜移苦戰臨交河海雲漠漠關月黑道傍死骨何其多主恩未報將奈何

紫騮馬

紫騮馬黃金韉一新剪拂當晴天蹄輕耳峻筋骨堅性烈不受庸人牽山西主將功名老時時騎出長安道長安三月春風寒無限落花點芳草遥遥數里聞號鳴走過一欻疑流星汗生黑暈摶雲濕舉國駑駘空震驚歸

来四海知聲價甘將伏櫪都城下回看桒旦可不慚苦月寒霜自終夜

公無渡河

太行之山高莫比黃河之水深無底山高無路猶可登水深無船安可行公乎公乎柰爾何被髪提壺来渡河河水深不可渡公無渡河渡河去長風吹天落日孤狂夫烈女何代無顧死從公與公俱塋僕所悲終何如

莫愁樂

石城城下春江流城邊十二紅粉樓吳兒打槳動晴綠送妾隨君樓上樓爲君起趙舞爲君發齊謳舉酒勸君君莫愁妾貌强如花妾心强如月花盛有時衰月圓有時缺勸君莫惜千黄金趣取青春好時節爲樂須史誠可憐人生安得長少年雲收雨散不終夕落花飛絮春風顛

將進酒

將進酒黄金鍾佳賓如仙馬如龍璚樓綺席凌煙空一

聲浩笑歡相逢江南二月皆春風擊鼓催花花盡紅人生在世偶然事對此不飲將安從發齊歌引趙舞利路名場付何處出令傳觴急飛羽請君為我縱鯨呑不醉不頹不歸去青山在地日在天山翁倒載車底眠但令行樂長若然浮雲富貴安足言

遠別意

遠別離楚水深吳山高吳山迢迢起煙霧楚水浩浩生波濤君今天南妾天北欲往相從安可得朝不見君若

為情況是頻年音信絶孤房獨宿耿無寐夢中恍惚平生意羅幃翠被暖香殘珠箔銀屏夜燈細遠别離相思唯有空中雲時時千里能隨君相思唯有雲間月夜夜千里能照妾妾看雲月長躊躇君看雲月還何如

商婦怨

作木莫作桑樹枝作女莫作商人妻桑枝歲歲苦攀折商婦年年感離别桑枝折盡猶解抽人老豈有重蒼頭神龍猛虎會可執其奈夫壻心難留朔風吹江浪如屋

拖樓嘈嘈行色促望殺蒼天哀憤深目斷雲山淚成掬

何能化作檣頭燕到處飛飛得相見何能化作帆上風

千里萬里長相從父母嫁我非夙契但云商人多贏利

門前宴集光輿馬簾箔聘来足珠翠豈知今日成參商

輿馬珠翠看無光月懸別恨秋宵永花撓離思春晝長

妾心豈學道傍柳朝朝暮暮千人手妾心豈學空中雲

變易隨時何有情妾心可似南山石雨打霜侵只如昔

更看歲暮不歸來化作南山一拳石

漁郎謡

漁郎住在雙江口家養鸕鷀十八九唱歌打槳落長潭
大魚上船小魚走四時坐計水中央百藝何如網罟强
巖上拾薪巖下宿不識耕桑衣食足回頭萬事等浮萍
雲白山青沙草緑短蓑閒合幾晴陰閒来沽酒杏花村
載歌一曲滄浪晚棹入烟波何處尋

酒家謡

江口一樹芙蓉花花下吴姬沽酒家井頭轆轤五更響

門前便有人来往酒味雖漓衆稱好一日常傾百壺早
年来運去米錢缺沽酒實醇人不説門前冷落秋草生
萬事蕭條不稱情人情反覆何能定莫怨他人由汝命
朝朝江口望行人但見寒江白沙淨

牧童謡

遠牧牛朝出東溪溪上頭溪頭草短牛不住直過水南芳
草洲脱衣渡水隨牛去黄蘆颯颯風和雨老鴉亂啼野
羊走絶谷無人驚四顧寒藤枯木暮山蒼同伴相呼歸

又忙石稜割脚茅割耳身上無有乾衣裳却思昨日西
邊好曠坂平原盡豐草短蓑一卧午風輕長笛三吹夕
陽早

樵夫謡

樵夫採樵樂有餘數家茅屋深林居朝朝磨斧礀底石
牽蘿直上青山隅愛斫蒼枝桂愛伐枯死樗眼前取足
隨所如束擔不歸就向城賣錢糴米養慈親慈親在堂
乞長健年年賣薪奉餘羨但願身安口得充免因賦役

走西東昨朝富貴千鍾禄今日雲南親種粟

田夫謡

田夫住東鄉今年八十强兒孫滿屋足指使老病常時卧在牀戒兒早納官家税莫學庸頑事推避官家税了即身輕歸来努力復經營生計隨時不願豐但願千載無戈兵不思往前離亂日有米作糜不得食出門亡命走烟塵骨肉回頭各相失只今雖貧何可恨天地生人要安分風調雨順禾米熟盡納官家心亦足

桑婦謡

採桑婦朝朝暮暮南園路出入寧論晴與雨蠶盛愁桑稀蠶衰恐姑怒大眠起來忙更忙寢食不遑兒不顧年年養蠶多繭絲身上到頭無一縷小半輸官大半賣繅織未成先有主可憐寸寸手中過竟作何人襖衫去采盡桑葉空留樹樹下青青長麻苧山雞角角終日啼桑椹漸紅春雨住妾尚無襦夫少袴事事令人亂心緒嗚呼人家生男復生女生男猶得傳門户生女徒多累父

母若無長大嫁貧家不似生時棄塵土君不聞釆桑婦

瞿塘賈

瞿塘賈前年二月離鄉去去時許妾半年歸指定桃花成誓語桃花三度謝還開望斷天涯不見来相思未惜容顏老但恐君心不長好君心重利豈重情有錢何處不縈身花落黃昏風雨急獨掩重門愁殺人

臨川女

臨川女日日臨川望何處臨川路前月征人從此去征

人此去九千里持戈遠赴交河戍交河沙塞窅茫茫盡是古來爭戰場白骨連山中夜月鐵衣倚馬五更霜此時王事好辛苦將軍號令嚴如虎一聲敵騎寇邊州生死向前無轉頭丈夫重義輕生死動肯捐軀報天子妾在深閨君在邊何當破敵遂生還但令百歲能相見離別尋常安足怨

白楊花

白楊花何紛紛是誰種汝當墓門墓經盜發無所有但

有朽骨猶縱横昔為將相公侯貴今成無主同孤魂萬家第宅人如霧盡如他塋之子孫斷碑芳草何年代寒鴉流水幾黄昏君不見百川沸騰山塚崩髙岸為谷谷為陵又不見五陵松栢無餘根玉魚金盌人間行古墓適存何足恨猶勝平除作地畊

歸寧婦歸

門前石橋路東去何攸長妾從此路嫁他方還從此路歸故鄉蝺来别卽五六月朝夕不離慈母傍月滿西堂

夜未央烏啼金井梧桐黃此時與郎惜景光獨守羅幃
愁斷腸忽向樓前聽嘶馬報郎迎妾將同行慈母許辭
親為妝膏車秣馬當晨霜母恩亦如卿愛厚妾心懷母
若懷郎但願母壽郎安康歲歲與郎登母堂

姑惡鳥

有鳥有鳥終日啼萬口千聲如一詞云是悍婦怨姑惡
精魂幻化之所為我聽此言重惆悵惆悵思之誰是非
人家生男願取婦取婦願能纂家務自古物從勤上生

詎容怠惰無思慮姑詈汝願汝勤姑撻汝願汝能汝改姑欣欣不改姑難平如何重恩愛翻化深憤嗔殞身化鳥道姑惡孫孫子子傳怨聲古有孝婦塚亦有義女亭至今人嘆慕至今人頌稱汝言姑惡姑不惡自此吞聲休更鳴

張子房歌

漢家重器張子房起身報仇來博浪金椎一揮祖龍怒四海驚濤隨播揚忽遇山東隆準公契合君臣魚水同

當年不取下邳履豈有神策先羣雄蕭曹忠貞平勃智信越武威樊紀義蛟騰虎變各英豪後總機謨歸掌指滅霸成王建業侯元功茅土遂封留固知富貴非可久使遂喬松仙者遊丹經洞府閒終日雲白山青江水碧回頭世事等浮萍梁楚他年血波赤

朝霞歌

朝霞擁晴迎太陽滿空炫轉朱火揚鳳絲龍文結縹緲欻忽變化神靈張始疑天孫織錦過七襄百花就剪將

縫裳精光儵爍帝爲喜命星下土旌成章又疑女媧鍊石初得方功肇洪爐開混茫火精水銀出鑄冶金花五色填穹蒼玉京瑶臺如帝鄉道德君王同紫皇閶闔九門闢蕩蕩文武千官鴻鴈行時和氣應神物育從兹衮衮來禎祥載覩卿雲歌八荒

秋思歌

明月明月照我庭晴光作雲翳寒星夜寂寂兮天冥冥草木凄兮霜露零懷帝子兮湘水濱哀窈窕兮傷娉婷

啓珠箔兮開銀屛凝幽思兮發遐征秋風高兮鸞鳳鳴

莫往從之兮泪縱横水泠泠兮山青青

又

清風清風吹我裳飄飄羽翠隨飛揚秋寂歷兮夜悠長

水無聲兮山蒼蒼指佳人兮北斗傍聽玉珮兮鳴鏘鏘

玄霜隆兮金屋凉綵雲結兮羅幃香神忽来兮忽已往

莫往從之兮空斷腸記年歲兮安可忘

遠懐歌

天下萬事如浮雲倏忽變化不可測鸞鳯終非枳棘棲蛟龍曾是池中物君不見孔明南陽卧安石東山遊三顧幡然魚水合七辟始為蒼生憂大賢抱材思濟世時止時行付天意區區區取譽焉足論長笑望塵潘氏子古今興廢兩悠悠聲利難將屈已求且唱樽前三五曲都消心上百千愁

君不聞歌

君不聞和氏璧楚王刖之以為石又不聞豐城劍千載

埋藏遇華煥世間萬事有窮通何况壯士誇材雄於時
未際君且守春到花開不須久

一壺酒歌

一壺之酒三四客閣暖爐紅窻月白圍爐把酒且飲之
須臾相顧皆春色酒亦何美意何長人生百年内嘉會
不可常且樂今夕同徜徉飛霜落盡衡陽樹哀鴻叫下
瀟湘浦瀟湘浦九疑雲隔蒼梧路帝子香魂招不來空
餘竹上啼痕處放歌一曲壯心悲天涯漂泊我何為明

當徑度禾川水却望盧陵山翠歸

浩浩歌

君莫欺貧賤兒陋巷陳平終帝師君莫誇富豪子銅山鄧通終餓死世間萬事如轉燭明日升沈安可卜請君聽我浩浩歌古往今来情奈何春花片時忽如霰旱雨一夕翻成河枯榮否泰更相代天運循環理無怪君看梓澤與梁園空餘野草荒烟在荒烟野草昔寥寥還見樓臺凌碧霄眼前興廢盡如此且飲美酒令愁消

懷友歌

吁嗟友道日凋喪眼底輕薄徒紛紜朝為同心暮楚越倐忽變化如秋雲我思安得齊鮑子相與平生獨知己斯人易失難再求恨殺重泉呼不起光陰百年亦草草少壯幾年復衰老鸞鳳哀叫失其羣嘆息無言望空昊

花酒曲

花初開酒初熟花正紅時酒還緑采花酌酒向東風二八童顔美如玉花蕊嫩堪憐酒星長在天喜逢春未晚

况當人少年春光人事相周旋願從花裏宿愛就酒中眠窮通榮辱付高天如何不樂心懸懸莫厭酒杯深須趁花枝好春光解去人解老明朝急雨醉醒来滿地殘紅亂芳草

花蝶詞

蝴蝶飛飛桃李蹊有生都只被花迷生為花忙死則已花蝶兩情無可比一朝花謝蝶何之别戀新紅嫩白枝向来生死迷心處顛倒莓苔總不知眼前世事皆如此

親疎離合為時使相如得志棄文君比翼愁成中路分
茂陵一聘心已改短嘆長嗟耳不聞翟公富貴多賓客
濟濟賢材論忠節盛時忽變散如雲門外還堪雀羅設
我歌花蝶情難了窮達相依古來少遼哉鮑叔與宋弘
萬載千秋名皎皎

石仲歌

前朝古墓青山陬石仲矻立經幾秋龍摧龜斷蝌蚪折
馬仆麟僵鸞鶴裂獨爾形容得苟完無乃年深化靈物

知是誰家顯祖宗子孫零落各西東清明寒食官不至空有狐兔巢其中石仲凄涼何足道金茎銅狄餘烟草怪變罔兩自為隣雪霜滿頭天地老

柳條長

柳條長柳條長三尺溪水黄雨晴布穀啼欲死村中老父心徒忙心徒忙事難了大兒當官少兒小府縣公文迭迭催吏胥晨夜何紛擾雞豚殺盡無毛餘杯盤稍薄即喧呼雲南逃卒計千百星火捕獲私相圖同名共姓

隨地有掩襲成擒不鬆手爺娘陷絕妻子離負戈萬里遙奔走婣鄰哀送擁道傍泪滿春衣空斷腸叮嚀異境好將息留取眼睛歸故鄉故鄉田土今誰種堂上雙親復誰奉皇朝奮武誓開邊邊塵未淨兵猶用高歌一曲柳條長壯士由来志四方會看三箭天山定從此化為侯與王聚散尋常安足傷

種粟謠

鄭州民稠田不足生計家家只耕陸歲饑麻豆不堪充

小户年來多種粟粟苗幪幪過人長粟葉青青粟穗黄
老妻稚子欣欣喜晚摘戍筐夜舂米入廚炊飯滑且香
自說無如種粟强鄉村米價日騰湧我粟如茨被丘隴
世間百事總艱辛到底勤耕不悮人一粒落地萬倍利
消得幾何納官税惰農好食如狼虎奔走長年離鄉土
良田繞屋不勤耕怨天只恐謀生苦豈知世物隨人轉
得失眼前人不見愚癡可笑亦可憐作詩徑為惰農勸

次韻龍維周金陵出塞

君不見上國都門道如砥九棘三槐夾三市又不見金戈鐵馬陣雲浮拜命安邊辭御樓車聲連營若雷動絃管啁啾發伶從中天月色鐵衣明半夜霜花隼旂凍漠南塞北無王庭神收電掃何足平況今天子能得士百萬驍騰皆俊英鳳闕龍城分虎衛武備頻年蓄精銳閫外同推太尉賢府中只數元戎貴鍾山走勢横千霜金陵佳氣成九章運籌帷幄佐明主似有漢代韓張良羽書昨日徵邊戍百里旗旌蔽煙渚雄心一片獨飛揚要

立奇勳報當宁賀蘭山下寂無人龍鱗水上且孤軍丈夫生死向前去豈復回頭懐所親錦機謾織回文字離情不奪英雄志會須三箭定天山青史功臣當録梓黄塵大漠渺茫茫却望君門天一方邊庭早晚應奏捷獻凱歸来朝未央

青山高

青山高白雲深君不来傷我心青山高白雲長君不来斷我腸斷我腸在何許洞庭之下瀟湘浦昨夜瑶琴一

曲中輾轉離鸞為君苦復對青山歌白雲千里萬里遥
思君遥思君君不知遥思君無已時青山自青雲自白
天地悠悠自南北

寄贈巫陽隱者歌

金樽美酒清且香欲飲不飲愁心長寒雲四塞南鴈翔
尺書不到巫山陽巫山十二峯巒出落日平荒楚天碧
嵐烟瀑水石橋晴啼鳥梅花野亭夕野亭夕秋風多亭
西隱者今如何欲知別後相思意不盡東流江上波

畫龍歌

雲如車輪風如馬雷鼓平訇電旗參其中踴躍何爾為
無乃蜿蜒作霖者古來善畫此者誰葉翁所貌稱最奇
筆端揮灑絶相似亦有風雲雷電隨大梁徐公生卓犖
十上引錐稱好學揮毫灑墨運天機鬼泣神愁日光薄
斯須縞素騰真龍莽蒼直奪造化工恍如列缺引霹靂
歘若巽二驅豐隆枯木槎牙頭角露鱗拂雪花駭成怒
劃然威掣海門開勁望層空欲飛去我時見畫心膽豪

拔劍起舞翻絨袍波濤萬頃東溟闊瘴烟千丈南衡高

嗟哉徐公天相爾後恐無繼前無氿酒酣神氣益灑然

白日風雲牕户起為君一作畫龍歌高風激烈雲嵯峩

魚蝦混處不可久龍兮龍兮奈爾何

武山

武山山勢凌雲雄當南突出虎鼻峯峯頭直上九千丈

翠光倒削玉芙蓉飛湍瀑流掛絕壁松檜龍鱗珂鐵屈

就中樓閣開窅㝠風霆白晝驚霹靂紫虛真人華葢仙

朱顏緑髮不笑言手持天闗踏地軸服餌玄牝畊丹田
琪花瑶草時堪把紅塵誰是長年者猿鶴如能問道心
雲在山上水山下

南溪夜飲醉歌行

南溪之水清且甘釀酒飲少輒為酣君家今夜設華宴
明月正照山前庵佳人狎坐發清唱起舞牽衣不相放
錦袍無惜濕淋漓玉盌唯催氣豪宕峨嵋亭子今不存
習家池館亦無聞騎鯨倒載千古事此時之樂宜同論

人生嘉會難屢得且飲如澠對明月窮通於我果何哉出門一笑天地闊

釣臺歌

一夕湘沅春水来浩浩蕩蕩無際涯手攜童冠二三子直登落日釣魚臺釣魚之古清塵埃綠楊白石荒蒼苔釣臺之幽散花竹斷崖絕壁何崔嵬風潭百頃魚龍走海上萬疊烟雲開周宗相業嗟已矣漢代客星安在哉空餘高隱垂綸處風帆沙鳥相遲徊渡頭人盡遙天暝

東山片月如飛鏡漁船浦嶼火初明僧寺林塘鐘已靜
長漠漠山雲浮長悠悠江水流人生幾何奈易老昨日
紅顔今白頭富亦不須樂貧亦不須憂道大小天地義
重輕王侯有酒即合就君飲飲即醉不醉至死不肯休
誰能更問名與利自今辜負釣臺遊

畫師謝公歌謝公櫸州人畫極奇古且神速過人
因過東岳祠信手馳筆各得其度若不經於意
者擊節再四作歌贈之

櫸州謝公真畫師筆端欲落風雨隨千奇萬古出反掌
神驚鬼異不可知洪纖高下各變化澆淳遠邇分妍媸
去年許畫東岳祠祠前父老待多時祠中雪壁百餘堵
公来三日揮掃之丹青十分極窈窕水墨一半翻淋漓
山川屏障雜諸體文武殿陛森兩儀鳥歸暮林花竹迴
龍在春空雷雨垂眼前傭史誇手段點染刻劃何蚩蚩
謝公不笑亦不欺彼自讋服徒傍窺謝公謝公善爾為
嗟爾鬢髮行如絲閭閻瑣瑣安足事老大成名亦未遲

麒麟將相久湮没盡往一拭英雄姿不然求賢急當世
忍使吾皇勞夢思請收縞素百千幅盡貌時髦獻丹墀

王氏江居席上醉歌行

王君家住河上頭河水八月清瀏瀏西風入林竹屋冷
蟬鳥雜鳴嬿不幽生平於我交最密儼然膠漆深相投
君常慕作泉石隱我亦好爲山澤遊别来許久若數歳
一見輒復苦死留進我玉壺之芳醴饌我璧盤之珍羞
小兒進蔬果大兒參獻酬況有白髮親諧謔相綢繆於

此不醉將何求日高豪飲達半夜中天片月清輝流銀河明滅北斗轉繁露欲墜棼煙收是時杯行已不記但覺淋漓雲錦衮庾亮南樓非足擬山簡習池安得儔君不見金谷園亂鴉芳草黄昏後緑珠紅粉千年愁又不見朱雀門霜戈鐵馬坐無敵擒虎英雄今亦休不須富貴勞所志且飲百斛寬煩憂

鍾小吏

忠臣必世有烈女何代無倬彼鍾小吏忠烈夫婦俱生

同室廬死同穴此心一誓永不渝奈何一朝遭喪亂六合四海馳兵車湘南草賊威頗震湖廣舟師氣尤麄據袁陷吉旋破贛百官竄匿民剪屠驅令降服共剽刼軍中掊熙煩所圖鍾文大駡惡賊奴肯將麟驥隨牛驢忠肝義膽彌激烈賊乃甚怒剸其軀其妻見之亦號呼投井伏溺從其夫後來死者亦無數堅剛貞節誰能如我朝開國天所命我皇建業地所扶大軍晝夜急西土神收電掃不足除春風熙熙轉寒谷甘雨沛沛充旱墟危

者以安流者止唯有死者無由甦嗟哉鍾文不可得死

去當隨巡遠居傷哉其妻亦莫得列傳所載皆相逾借

令國史一遺落此人此死真何辜此人此死真何辜一

為鍾文歌只且奸諛比比織青史可滅鍾文夫婦歟

早還鄉行

長安城南官道傍行人車馬何彭彭行人意氣何軒昂

雕鞍繡轂搖琳琅錦袍玉帶生輝光健奴咆哮如虎狼

報酧賈勇百不當短鎗長劍誇兇强疾賢不學魯臧倉

持槌肯隨漢張良美妾娉婷雙鳳凰綺羅珠翠嬌殊妝

春風列座宴華堂吳歌楚舞勸清觴雪膚花貌斷人腸

結交豪俠輕侯王忽忽四海英聲揚天子召見入長楊

勑以紫綬懸金章與朕連兵平北方北方萬里天茫茫

嚴冬十月皆雪霜鷙鳥不飛馬傍徨承恩受服心惶惶

驅車三日抵漁陽漁陽鼙鼓振大荒分營遣將兵符藏

玉關祁連尚我疆黑山青海勞隄防夜隨烽火赴沙場

轉戰沙場夜未央彗星當夕收精芒鉦鼓淵淵殺伐張

血流漂杵屍成岡傳道單于先買降幕南塞北就平襄
獻凱歸來朝建章建章春雨花煌煌寵恩慰勞不可當
功與韓彭相頡頏名同衛霍參翱翔出入謀謨資廟廊
天下之人誰敢望只今老大鬢欲蒼故山海角路遥長
便辭明主趣歸裝直指衡岳逾瀟湘公卿禮餞塞河梁
簫鼓哀吟心思傷但覺雙輪起鏘鏘是時九月天氣涼
西風拂拂吹衣裳鴻鴈南飛亦悽愴我不如之為稻粱
誓尋三徑隱幽莊竹籬茅屋依山墻環堵樹之千樹桑

子孫世計斯為臧秋露溥溥時菊芳黄雞肥来新酒香
醉歌一曲臨滄浪向之富貴今已忘豈知萬國如虞唐
功成不退終致殃丈夫有志固莫量用能與世掃秕糠
萬鍾之禄那保常不如謝官早還鄉

灉江隱者短歌行

美人家住灉江干石泉夏五生清寒楊柳千條堪繫馬
篔簹萬箇待棲鸞棲鸞繫馬陰陰裏疊嶂迴巒望中起
何似王維住輞川更勝陶潛歸栗里方今天子恩隆平

絲綸屢下收羣英君胡不隨時變化肯抱長材甘賤貧賤貧亦可甘富貴亦可為丈夫不用則已矣一用當為天下奇伊尹躬耕太公釣商周之業非輕小即從苦旱化甘霖四海蒼生都濟了賢豪舒卷豈尋常吾亦拂衣可同調

題叢蘭

石巉巉兮水沄沄蘭薿薿兮揚清芬思搴芳兮以紉佩贈天涯之夫君望夫君兮不見見三湘之暮雲吁嗟乎

三湘之暮雲

孤梅

草緑褥兮以爭茂木葱蘢兮以可悦胡不與之同時以敷榮兮而俟彼之色變而葉脱豈不畏夫風霜而有契夫雪月於是以見爾之高潔吁嗟乎爾之高潔

二竹

望孤竹兮不見見夷齊之並佳節胡徑而不屈兮性胡質而不華睨首陽之高潔吾不知其竹之猶夷齊者耶

夷齊之猶竹者耶吁嗟乎其一者耶

臨清軒歌

君不見北風倒吹海水竭紇干山頭丈深雪萬石英雄安在哉惟有連山之戰骨又不見富貴金堦白玉堂美人如花珠黛香枯榮倏忽謌舞散落日野草啼寒螿君家嚴親丈人行壯節生平足豪宕築室雲林深復深冷眼紅塵看得喪向南别起臨清軒軒前一水泠泠然上映龍門之佳氣下引金洞之長源仰岡嵯峨倚天碧四

世家庭好承襲夜榻歌詩幼子賢春槽壓酒佳賓集桃杏花間聞馬嘶不知何處醉還歸嬌孫出迎拍雙手明月在地風生衣泠泠流水蒼蒼樹十載重来嗟物故有子繼述孫貽謀勝槩軒中宛前度前度軒中勝槩多賦詩其若臨清何請君酌我一斗酒為君寫作臨清歌我歌臨清何以哉聊和陶潛歸去来軒中日日人長樂軒外年年花自開

莫公畫角鷹搏雉圖歌

莫公畫鷹如掃字顛倒貎出天然似側目愁胡怕殺人利爪生拏樹枝死朔風蕭蕭吹石林寒天鳥雀寂無音飢来三日不飽肉黷慘一片英雄心狐潛兎走山鬼訝四顧欲下而不下夕陽沈地暮霞明度盡源頭采樵者莽間雄雉何得知載飛載雊求其雌竦身奮起過電掣頃刻平蕪灑毛血雙拳霹靂劍鋒交五色繽紛錦文裂莫公寫去非徒然君子夕惕終無愆性多耿介少思殆山梁之時不可再

蘭岩山絶頂歌

蘭岩山高出西極東南諸峰秀無敵中有瀑流掛絶壁
建瓴直下三千尺僵木横溪龍偃臥怪石夾道虎踞坐
驚風劃来慘幺麽萬壑松聲海濤播躋崖躡磴俯復仰
洞府硠砑豁軒敞似聞列缺引霹靂亦多魑魅兼魍魎
黄熊奮犇青兕立寡鶴哀鳴斷猿泣我行欲息不敢止
憑高望遠憂思集九州四海何茫茫神禹之跡忽已荒
峨岷秋陰接大華洞庭倒景揺瀟湘孤雲低飛楚甸濶

征鳥竟没吳天長五臺之墟控三峽之子何時歸故國
好在殘年十月冬相逢江上梅花白

送趙免耕漢中省親行

一門父子全忠孝祇令獨數廬陵趙喬木千章湖水濱
諸峯羅立三山嶠前年貽代急賢良五色聯翩鳳凰詔
趙侯静者嗜煙霞説着功名輒頭掉公車星火促嚴程
江海茫茫玉京窩奇材固合充棟梁至寶終須貢廊廟
乘濤直下五千里閶闔雲晴見初名聖主從容賜顏色

善道咨諏洞微妙外將大任托藩垣内擬超遷列樞要
趙侯稽首再陳乞昧死金鋪致辭峭一官漢泮得所欲
模範裁成志思劬三春教鐸振儒林文聲蒸蒸開光耀
二郎萬里奉晨昏歸日叮嚀往來紹弟行既復兄何如
呼奴便秣追風驃楚雨千秋湘水祠秦雲萬古咸陽徼
酆鎬西風拂鬢寒峨岷夜月懸心悄闔山愁見落花飛
客枕哀聞斷猿叫不圖采玉崑崙頂豈若尋源武陵竅
猗嗟趙侯萬事足如此賢郎誠克肖馬融帳下老萊衣

白首能無極歡笑送君不盡憶君情瑤琴切切孤鸞調
新詩錦軸遍須題别酒離筵莫停醻飄飄鴻鵠起天隅
六合清風蕩煩歊

短歌行寄宗玄蕭文學

憶昔北尋馬子洞二月風雨三冬寒乘舟濟川浪洶洶
驅車遵陸泥盤盤挹君豪名振河懸走過山陰識君面
燕頷虬鬚熊豹姿當時令我喜欲旋吁嗟交道無早晚
誼合斯須傾肺膽翟公何署死生情阮籍徒為青白眼

金樽有酒池有魚魚肥可膾酒可斟張燈促宴諧終夜
紅爐照室光相射中有萬斛江南春綺裘瑤席香薰人
風流文采稀今古下筆雄詞躍蛟虎千金難買一朝閒
況是賢材兩賔主石林月黑子規啼我已醉眠無所知
夢覺雞鳴滿庭樹起望鄉國生離思别来忽忽歲月改
歌樓舞榭移光彩夕陽芳草落花時獨立平原悶如海
悶如海長思君何時重與細論文古来聚散有如此還
望青山歌白雲

和劉輝遠短歌行

閉門風雨驚花老紅紫園林淨如掃晴来點檢江南春一碧連天有芳草美人不見余心悲參辰出没長睽離睽離咫尺若萬里竟日悠悠勞所思琥珀鵞黄金錯落徒負高情同畢卓安得蒲萄變漢江便築糟臺齊華嶽美人何時對青眼北樹東雲愁復晚雕鞍寶馬洛陽兒瓊筵綺席新豐館朝回九重鳴玉珂夕飲百斛雙顔酡青雲亦欲致身早其若神龍淺水何美人胡為在丘壑

緼袍不換朱衣著固知藏器以待時豈比尋常空落魄
讀書勝遺滿籯金誰識韋家祖父心相思相望莫相及
脩竹繞門流水深

清隱堂歌為安城王使君賦

寰區金璧歸我皇天下萬國歌虞唐蛟龍播弄滄海水
鸞鳳飛舞梧桐岡岩廊多士方濟濟草野遺賢淨如洗
王君有材當用世胡獨深居僻山水秀莫秀乎瀘川九
折之迴縈佳莫佳乎青岡百疊之崢嶸就中堂構何嶙

峋于以考槃于以寧琴音泠泠山月小鈎絲裊裊江風
輕君不學孔巢父掉頭入海隨煙霧又不學周彥倫先
貞後黷慚其名行藏得失付穹昊萬事不理心氷清美
玉由來甘櫝韞紫蘿陰護柴門穩花雨穿林酒甕香松
雲拂石棊枰冷我登清隱堂堂高日初晏壽萱慈竹種
來多狎鷗馴鹿相依貫清風徐徐生石門薄日輝輝明
水村魚罾隱見隅浦溆沙柳漠漠青雲屯此時王君高
興發蹇驢信步看山色不知世外功與名只愛山中風

與月風月無邊人未老堂春不盡堂花好古來富貴多
愆尤不若藏名以為寶

逢辛大全

天下之事何紛紛逐時變化如浮雲交游空多知己少
甚喜今日逢辛君辛君自是文章伯獵獵英聲動河北
明堂拜官不肯受愛向五湖弄煙月五湖煙月浩漫漫
見我唯將青眼看石牀露坐古月缺純裘夜語新霜寒
烹羔宰牛且飲酒遮莫烏飛兼兎走人生倏忽豈暇愁

昨日紅顔今白首君不見銅雀臺又不見高陽里魏武精靈安在哉山簡風流吁已矣只好生前日日醉何須身後千年計君心愛我多豪放我亦愛君不流宕相期早晩匡廬上遥借仙人九節杖禹穴龍門歷搜訪共和青山白雲唱

次韻蕭仲鈎别懷歌

玉京縹緲開晴雲四海謳歌堯舜君龍騰虎變日繼踵嗟爾尚甘麋鹿羣百花為城草為席烜赫陽精錦嫣炙

肺肝五色結英華散作雄詞筆鋒出珊瑚玉樹交柯株
處子綽約紋牕疎斯須片月掛明鏡照耀銀臺光炯如
銀臺彷彿三山上弱水秋風起層浪謫仙何處跨鯨来
歌嘯雝雝五情暢永懷此樂那能歸一曲瑤琴傷别離
鸞箋就寫生平意寄與雲中南鴈飛南鴈飛飛楚天碧
誦言重見膠投漆遂令幽思不可忘走向雲林遠相覔
朝陽紫鳳鳴梧岡如此遊居誠有常又如神劍藴玉匣
吐出萬丈之精光精光儵爍凌空照吾亦英豪不殊調

窮通得失安足論且與劇談道中妙

送胡立峰大叔遊山東

春江雨漲七尺濤拖樓飭駕聲嘈嘈丈夫立志在遠大所舉卓越非徒勞高莫高兮九千仞之匡廬五老秀色分香爐左里揚瀾日振盪嵐煙瀑水迷空虛深莫深兮沈笮續蔓難測之小孤西滙既瀦彭蠡湖晦明澒洞混一氣倏忽津涯知有無直下山東二百州名山大澤紛相繆郊齊控魯屬吳楚古來豪傑多封侯生平曠達由

天性但分何方有形勝呼奴牽却五花馬市作行裝即無吝腰間尺佩蒼精龍拔出赤電驚雷風酒酣歌罷復起舞臉暈欲奪桃花紅桃花正紅春雨晴芳草滿園啼早鶯簫鼓聲停棹歌發又似前年春二月前年歸是去年冬今年歸是何時節白鷺洲邊楊柳煙還鄉好見柳依然莫言不折長條贈留取歸時穩繫船

河邊水

河邊水暮暮朝朝流不已水流去去無回波人生百年

能幾何昨日英雄氣如虎今日凄涼一抔土非不欲學
伊與周豐功盛烈天同休非不欲學巢與由明月清風
塵外遊窮通進退一有命用舍誰能改前定所以劉伶
稱達人只願長醉不願醒豪來揮筆頌酒德俯觀萬物
如浮萍

和答橫溪隱者歌

橫溪之山何鬱鬱橫溪之流下盤屈就中隱者果許儔
落落雲松百千尺有時清夜抱瑤琴海門出月琉璃碧

頹然醉臥松石間五色英華夢生筆金雞三號海色動
眼開一丈扶桑日恍惚騎鯨天上歸錦袍玉鋏光相射
大莫黃塵煙霧昏潼關白骨丘山積臨岐已見泣楊朱
叩角還聞歌甯戚何如隱者笑傲橫溪湄長枕溪泉漱
溪石

禾川歌送郭愉

禾川之水流東海浩浩蕩蕩千萬載英雄眼底今安在
衰草連天古城壞昔日樓臺歌舞園今朝牧馬成荒塞

廢興如此不足論空使愁人容髪改君今別我歸禾川
禾川之水應依然銀屏石下買春酒畫角洲頭移曉船
高堂侍養有慈母慎勿蹉跎事羇旅江山遥遥道路阻
可以何時復相遇禾川歌送君去嗚呼別君泪如雨

南城歌寄贈胡思敬

南城之山高巑岏連岡疊嶂青雲端鸞翔鳳舞勢歷歷
馬馳牛臥形盤盤南城之水清見底浩浩千秋流不已
孤光顚洞化魚龍雷霆五夜潛鱗起藴奇蓄秀識者稀

積德累行膺昌期胡郎家住南城側五福由来天命之
前年恭承聖皇詔嚴親平步登廊廟聽旨遥瞻閶闔門
老大功名足誇耀翩翩三鳳鳴朝陽與時際會爭翱翔
為家為國不少暇忠孝兩情江水長伯也乘濤四十里
晨昏遠奉勤王事家山半載未歸来耳畔頻聞好音至
仲也進退懷深憂幹蠱驅馳那暫休持衡賦税貴平理
供給餉饋無愆尤閭閻往往多豪縱豈若君家賢伯仲
只將孝義主中心美利榮名揺不動蹇予落魄無所為

壯志凌雲空自知求田問舍安足數附翼攀鱗終有時
胡郎愛我誠幽雅我愛胡郎絶瀟洒相逢一笑坐瓊筵
穩繫樓前五花馬狂来一飲三百鍾論交吐氣縈晴虹
人生契合在知己寧論得失兼窮通别来倏忽成今昔
兎走烏飛過箭疾相思重欲話中情極目南天楚雲碧
朔風蕭蕭鴻鴈鳴寒梅迎雪玉香輕折將欲寄不得便
爲君悵望歌南城城南山水如圖畫古木虬龍鬱相亞
華堂結構高於山絲服斑斕照堂下堂前種竹百千竿

年年歲歲報平安萱花愛日色焯焯椿株化雨陰團團
君不學五陵年少誇遊俠又不學孤竹夷齊事高潔丈
夫在世貴成名何用縹縹比雲月城南山頭桑葉黃葡
萄萬斛生春光浩歌不盡萬古意安得一醉寬離腸君
才拔俗真雄壯囑君善保為民望當今聖代急賢良相期
更在青霄上

芻蕘集卷二

欽定四庫全書

芻蕘集卷三

明　周是修　撰

五言律

古從軍行五首

金鼓龍城出旗旄虎衛分築壇新拜將飛箭急行軍闗路晴和雪邊烽夜照雲樓蘭今未滅何以報明君

三十未成名從戎一片心車輪裝白玉馬勒鑄黄金報

主時何晚安邊計始深轅門風雪夜撫劒一沉沉

萬馬不聞嘶天山雨雪時旌旗寒色慘皷角夜聲悲漢將雄韜出戎王敗壘移捷書星火急應到鳳凰池

轉戰桑乾夜匈奴半遁逃邊烽隨皷歇海月傍營高總笑探囊易誰言破竹勞指時龍闕下朝服換新袍

寶馬流星劒金戈明月弓千旗分別將萬騎拱元戎玉帳兵符祕轅門殺氣雄長驅沙漠外誰數衛青功

昭君怨

一從關塞隔長懸雙淚痕未曉邊庭禮堪懷漢主恩風沙無白晝雨雪又黃昏何似隨陽雁年年度玉門

關山月

今夜關山月何人不苦情秖宜明漢國豈分照邊營雲陣迷兵陣風聲亂鼓聲長安光滿處閨思更難平

北樓

春色滿南州鄉心上北樓青天萬古意白日半生愁城曉鐘纔動江晴霧未收人間幾興廢依舊水東流

送友人之章貢

章江幾千里瀉出碧雲間之子扁舟去何時故國還烟波春思渺島嶼夜天閒望望乘槎者高風不可攀

早發西城

城雞纔一唱促駕不言勞地轉南山近天迴北斗高宫槐交大道御柳夾長壕過盡樓臺影參差入野蒿

春夜分韻得江字寄蕭君子儀

當代論材學如君信少雙詩名傳大地文勢決長江昔

紫生衣桁桃紅入酒缸無能謝塵鞅從隱鹿門龐

望武山佑仙觀

天上神仙府人間道德門水分千澗遠山拱一州尊松鶴心寒暑雷龍警旦昏何時登絕頂瀟洒望乾坤

憶雲峰寺

憶昔登臨日披雲謁上方樓臺通海氣花木近天香佛骨陳千古禪心盼八荒重來深有興準擬在秋涼

秋夜憶禾川舊友

迢迢江嶺外千里故交情人宿沙連驛烏啼樹繞城雲開踈雨斷月落衆星明獨對蕭條夜寒螿不可聽

仲夏日暮憶胡筠客金臺

清風滿竹扉細汗冷絺衣蓮愛踈紅靚槐宜密翠肥野塘雙鳥度溪寺一僧歸之子金臺客音書何太稀

夏夜憶九成姻兄

涼灝生微月纖纖出素雲移牀嗔竹影掩袂惜荷芬酒店沙頭静漁燈浦口分故人隔江水何事久離羣

田家襍興五首

竹外四三家通江徑路斜得錢新買犢就水屢移車稚子晴採椹荊妻早種瓜日高初飽飯種火去燒畬

竹底徑逶迤人來犬未知天寒樵事苦雨濕飯香遲草接茅簷長藤穿甕牖垂老翁衣百結時却賣蠶絲

洗竹添新笋培桑減舊條就風鑽火易鑿地引泉遲簷掛新收筍池浮舊棄瓢西隣春酒熟深夜却相招

畊樵無遠地嫁娶止比隣山果隨歸慣溪魚入饌頻教

踈難盡禮俗朴易居貧但祝時年好燒錢拜社神

草蕟連畦綠枇杷滿樹黃前簷臨澗遶後逕入山長桑柘肥春雨雞豚散夕陽子孫知幾世老死不離鄉

秋日贈別西溪故友

一劒南遊慣山行秋始涼草枯泉脈見樹合地形長去馬銜殘雨歸鴉背夕陽臨岐更何語涕淚在衣裳

山居

幽居隱薜蘿誰問夜如何風定雲昏斗星稀月度河征

鴻聞去遠落葉坐來多見說邊庭士防秋尚擁戈

幽居晚雨

一户通幽徑依依敞竹門亂雲低白晝疎雨濕黄昏犬吠當林屋鴉歸隔水村呼兒供棗栗獨自酌芳樽

蔣氏山莊納涼

緑樹繞方塘平橋水氣涼波明金鯉動石淨錦苔香把酒忘鄉遠看棋愛日長此中真自好何必泛滄浪

蔣陵池上斑竹

萬古蒼梧淚斑斑竹上頭何緣湘岸景還在蔣陵丘翡翠晴如洗琅玕潤欲流當年人不見無限别離愁

五言排律

金陵古意

天地開王國山河拱帝州雙龍青漢闕九鳳碧雲樓甲第供連戚高門總列侯雕輿迴玉軸寶馬鞚絨鞦城樹交馳道宮花隱御溝旗旄嚴扈從笳皷競周游長樂春風起昆明宿雨收曉鐘聞閬苑仙仗繞瀛洲公子辭金

屋王孫上綵舟哀絃隨妙舞急吹雜清謳錦殿祥煙積朱城佳氣浮仰瞻凌斗極俯瞰迥林丘萬古英雄地繁華自不休

送友人之延平

別路三湘北離人五嶺西成行愁夜雨不寐聽晨雞絃奏添惆悵壺觴益慘悽江分吳地濶山界楚天低潘岳塵應斷陶潛路豈迷河陽花發遍彭澤柳生齊藉藉征途語蕭蕭去馬嘶曉亭連戍壘春樹暗蠻溪岸轉楊梅

落林深謝豹啼甌閩王化逺望爾作雲霓

再賡酬光逺文學

王國今多士君誠拔萃豪用當天下器選奪俊中髦匣寳塵堪拂山輝石不韜六龍攀駕逺五鳳助樓高律協嵇中散書工蔡綺曹誅茆居卜杜問菊隱成陶夏木陰分座春江色染袍洞雲隨蠟屐沙雨閣魚舠城市長收迹庭闈日服勞寫方諳藥性箐犬費蘭膏節峻誰能屈名揚豈待褒周原臨眺望蔣徑入遊遨已有扶輪轍寧

無諸闕皐聖朝思播德汙吏忍懷饕經世文推傑開邊
戰息鑾參差登要路變化遂宣毫材屢空羣驥功參立
極饕稜稜豐邑芑子子浚郊旄治感祥麟至威凌猛獸
逃共傳三益美莫破一言牢薦犖寒宜蟹截裘暖稱羔
山蒩藏華蘩家釀出蒲萄管輅饒通易揚雄復廣騷池
乾淩䖍稌畦潤草從𦼮細鯉金明澗輕鷗雪點濤詞宗
兼鮑謝詩祖辨韓毛慕學情尤固論交志敢恪別離增
愀愀解后釋忉忉老鶴鷺翔翥窮猿慘叫號終朝層歷

試要不愧鉛刀

寄白下彭君

磧浦青楓路茅堂白水村落花憐杜宇芳草怨王孫別去冬徂夏憂來旦復昏赤心元自許高誼與誰論流俗難藏器陳情欲叫閽精誠交霹靂忠憤走轒轀鸑鷟翔丹穴騏驎出大宛駿蹄當駕馭逸翮遂飛翻用世材雖重端居道亦存萬家岐下邑五畝洛中園徑曉晴生竹堂春煖護萱河流通馬頰山勢鎖龍門洗藥香分磵看

松翠滿軒汀沙眠稱鶴岩果盜隨猿德愧成蹊李名慚學圃樊莫收金鑄錯但保玉無痕感舊悲空積懷賢慮政煩長歌謝知己浩浩一乾坤

七言排律

園樂詩為東園伯丈賦十二韻

先生結髮好丘園老隱非同學圃樊綠竹盛時長少事紫蘿深處寂無諠墾添荒址餘多地灌引清渠出有源水暖魚蝦隨甕汲畦春蛙蚓逐鋤翻晚菘謾采苗兼韭

亂莽閒蕣卉雜萱紅甲紺牙浮土面碧莎蒼耳護墻根
午窗棋罷雲行影夜院香消月過痕松下鬬茶聯石鼎
花邊勸酒倒銀罇琴壇久任封苔淨硯沼常因洗樂渾
植得芝蘭沾化雨樹來梅柳發晴暾驅馳攘攘憐南北
棲止洋洋自旦昏誰識先生真樂趣浩歌落落信乾坤

虞墀岡為草意劉先生賦十韻

西望虞墀遠勢孤何人生須築玄廬極知劉氏悠悠意
要與滕公鬱鬱符鳳羽幽篁和霧長龍鱗老檜受風呼

薜蘿交鎖塵蹤斷苔蘚重封石甃虛天靜鬼神嚴守護
地靈罔兩暗敺除三年製椁桓司馬五月投江屈大夫
泉下玉魚終出世雲間銅雀竟成墟先生此計成超古
高士他時合致芻種德由來膺大壽作歌遥為賛良圖
岡頭一道南征路千載亭亭憶相儒

貽中州劉思誠十韻

哲人修己日鳴謙童卒都稱老孝廉閉戶讀書情自適
升堂調饍味常兼超凡材質瑶瑜美拔萃詞鋒劒戟銛

交誼已堪期鮑叔文名終不愧江淹九天未濟風雲會
萬國先同雨露沾解后每承青眼顧棲遲深覺素心恬
林通鳥道晨看鶴水落魚梁晚得鮎棋罷柳煙晴護榻
琴閒松月冷窺簾悠悠今古何終極納納乾坤豈屬饜
有道秉時須濟世尚耽詩酒學陶潛

起晦鍾文學有詩呈國子蕭先生倚歌和贈

一從棹雪剡溪歸五載懷賢思不違耽酒每聞陶靖節
看詩長慕謝玄暉延津佩劒愁龍化洛浦吹笙想鳳飛

休用六韜窮術數且將三易盡精微驊騮出路增時價
美璞藏山耿夜輝桂嶺隴高魚度阻楚天雲遠鴈來稀
郊居晚雨深蘿薜洞府秋風老蕨薇割席管寧原自負
卜隣王翰願相依頻年異縣傷離别何計連牀聽發揮
稍待約同黄禮輩再隨流水覓岩扉

再和起晦韻寄禮用黄凡

前月南溪送遠歸别來相念不相違幾回望眼迷陰雨
無限愁心對夕暉萬古興亡雲北度一年寒暑雁南飛

清時文彩憐君盛聖代才名愧我微醲酒甕晴春蟻沸

讀書牕暖夜螢輝紛紛世態尋常改碌碌人生七十稀

華煥謾求豐獄劒夷齊空餓首山薇歸田始覺明還好

卜宅長懷善可依雙履莫從雲外攝一觴難共月中揮

臨流和得相思曲寄與西風到竹扉

勿菴集卷三

欽定四庫全書

芻蕘集卷四

明　周是修　撰

賦類

柳塘鸎燕賦

乙亥之春二月既望王坐於凌雲之軒歷觀古今名畫有柳塘鸎燕圖飄灑清絶王翫而樂之已而出遊於麗景之門春光淡沲見楊柳芳塘雙燕交鸎翾翾前圖顧

謂侍臣曰適觀于畫雖雅愛其飄逸然疑其摹寫形容今見其實殆有過之信可嘉也因命臣周惪賦之不敢辭遂稽首受命賦曰

繄大鈞之块圠兮播萬有於堪輿倮毛鱗介之異趣兮羽蟲尤其棼如嗟羣彙之蕃夥兮各三百有六十感四時之氣候兮迭蜚鳴而爰集唯燕燕之匪常兮知時序而往還無矰繳之可虞兮托棲息於人間或茅亭而蔀屋兮或錦殿而彤幃曾貴賤之有擇兮隨所寓而安之

賦質美之貞淑兮非凡禽之可越玄其衣而漆瑩兮縞其裳而玉潔體翩躚而宜目兮音咒喃而慊耳企兩撑其凝碧兮通一頷而紆紫明眸睇而睊睊兮修尾曳其涎涎據雕梁以為家兮駕暄風以為軿結佳耦而有定兮日頡頏而下上瞥金屏以遄歸兮穿朱簾而徐往當春和而景明兮迺指社以來翔紛窮廬與貴室兮尋舊主而不忘或仍貫而于于兮或營新而汲汲懼景光之迅速兮恐事功之不及從玉京之縶絲兮形莊姜之詠

詩情依依乎生平兮豈餘鳥之能為粤墮卵而生商兮
肇郊禖之禋祀羌神靈之變化兮豈餘鳥之能比亦
有鵾鵬翼蔽雲日巨則巨矣彼哉誰惜亦有鷦鷯巢於
蚊睫微則微矣爾焉誰閔鷹鸇鵰鶚貪殺不貸磔雉饕
兔曷於玄鳥而敢害鵲鶖鷙鶬鷓鶻鶉鴉儔類萬千漫
野塡澤畏弋憂羅曷如玄鳥之自得是宜吾王之展圖
興愛游觀生悅也于時紅日兮蒸桃青煙兮拂柳芳塘
水綠兮溶溶宜爾交蜚兮如友雖營壘之有務兮且悠

揚而舒徐豈不以予王之來觀兮亦忘情以為娛泥融兮暖汀芹香兮晴渚倏去倏來兮載翔載語掠芳草而齊低兮乘回風而並舉綺閣沉沉兮玉堂深深巢成子育兮誰侮誰侵秋去春來兮匪今斯今寒推暑遷兮悠悠此心辭曰天生靈鳥兮順陰陽也春南秋北兮别炎涼也瀛海雖遥兮羽可翔也往來不勞兮如一鄉也鳳凰大聖兮知爾之為良也披圖即景兮莫如爾之飄揚也是宜賦之兮獻君王也千秋萬歲兮流無窮之芳也

氣核賦

維鴻濛之肇判兮辨陰陽而以分由有理而有氣兮由氣化而成形故包乎天地之外者莫非此氣之運充乎宇宙之間者莫非此氣之成也觀夫升降絪緼兮萬物化醇大鈞敷播兮品彙咸亨昭乎上而為乾象兮闡乎下而為坤珍惟兹石之為物兮乃氣媾而堅凝紛美惡之不齊兮由氣稟而濁清爰以之為氣核兮善至人之立名其鍾氣之清淑兮斯貴重而無倫韞卞玉而山輝

兮孕隋珠而川明璠璵皎而瑩潔兮璆琳爍而精熒為琮琥而輯嘉兮為琬琰而成文為珪瓚與瑚璉兮挹黃流之芳馨為珩璜而環珮兮振德音而鏦錚或奇形而異狀兮貢交登乎舜庭斯皆氣之清核兮猶人全夫性靈或為賢而為哲兮或為俊而為英均文質以相成兮人俱悦夫彬彬至若鍾氣之或濁兮斯凡庸而賤輕紛碔砆與瑊玏兮徒磈礧而嶙珣虢其形而匪良兮琢其質而弗勝水常危於舟楫兮噴洪濤而戰驚陸常妨於

稼穡兮若磽硌於鋤耘或沙磧之渺莽兮或巖崖而欹傾馬遇之而憂蹶兮車遭之而回輪斯皆氣之濁核兮猶人偏夫稟承或為愚而為昧兮或為頑而為嚚羌材菲而德薄兮衆俱稱夫硜硜亂曰天地萬物兮揉錯紛縕賢愚玉石兮比異為精君子之斐然成章兮由琢磨而日新含貞德而無瑕兮若旁達之孚尹衆人之蚩蚩兮甘蔽固而昏冥舍正路而弗由兮若崎嶇而難平覩氣核而寓懷兮因旁參乎物情明向背以取舍兮庶無

媿乎此生

䮂騮馬賦 建文帝命作

天房毓駟渥洼騰龍凌雲聲價歘然從東紆奇毛而純紫兮挺駿骨而獨雄非大宛之類比兮覺冀北之羣空經都歷塊兮越國旋蓬飄飄霧鬛兮灑灑風駿豎披竹之峻耳兮皎長庚之方瞳發英姿于其外兮韞馴德于厥中混尋常之萬匹兮誰將辨夫異同當一顧而顯名兮幸伯樂之遭逢備君閑之上乘兮膺秣飼之恩隆策

恒止於道合兮鳴必期於意適令奮心而懷感兮將竭力而効忠馭金輿而奕奕兮立仙仗而顒顒絡青絲而驕驕兮節和鑾而雝雝齊首服而駸駸兮輯旁驂而龐龐或縱騁而逐電兮或長嘶而生風既材用之不忝兮分勤勞而敢慵誇騋牝之三千兮何衛文之蕃豊頌駉壯之無邪兮寔魯僖之盛容慕的盧於漢主兮笑驌驦於唐公誓無媿於照夜之白兮又何讓乎玉花之驄凌躐騄之逸軌兮超乘旦之高蹤嗟赤兎之無成兮悲烏

騅之困窮善燕人之取譬兮美交河之戰功萬古驅馳
兮知王良之善御千秋圖畫兮推韓幹之筆工斯騂騮
之生世兮實閒氣之所鍾覩蘭筋之權奇兮信絕勝夫
駑僃唯予王之察識兮日剪拂乎芊茸重尼父之稱德
兮亦胡銜夫鞗革之沖沖浴金河兮波溶溶踏輦路兮
春融融穿垂楊兮暎綠傍繁花兮絢紅紫燕翩而侔色
兮騄駬嚴而莫從雖伏櫪而志遠兮豈區區乎房櫳希
惠養之有加兮庶材力之擴充橫八極而展足兮尚圖

成乎厥終

放黿賦

洪武丙子春仲之月陛下憩乎東城之臺環羅俊彦洛詢古先旣而有進水黿百餘翼者毛色鮮華羣匹和輯悠然興夫不忍之心俱放于濠觀其始則紛紛焉少則濈濈焉俄而並舉翀逝於是覺春光之舒遲樂物性之德遂怡怡如也愉愉如也名奉祠臣周是脩賦之臣感夫君德之至仁及庶類敢不奉敭休命再拜稽首賦曰

猗茫茫之堪輿兮胡萬類之紛敷維水禽之衆美兮盛莫盛於鷺鳬雖羣游之無算兮非定耦而弗居泛波濤之浩渺兮樂滄洲之遼敻藉軟莎而安眠兮弄輕萍而閒泳頳其趾而丹凝兮縞其襟而玉暎性於物而不忮兮恒恣情乎煙沙孰虞人之曾識兮羌潛羅而忽加愛毛質之綺麗兮遥將獻乎皇家繄予王之仁德兮當覽春乎崇臺體陽和之生育兮澹沖融而舒懷適筠籠之跪進兮絢晴光於文繡既彬彬而戢羽兮亦肅肅而並

咮啟予王之良心兮勑俱放乎金濠始依依而泊淺兮漸翺翺而升高交迴翔而返顧兮若感恩而不捨徐翀蜚乎雲霄兮遺餘音乎鉅野何皇心之惻怛兮由親親而仁民由仁民而及物兮秩先後而有倫豈睿鑑於往古兮實誠中而形外思高下與洪纖兮期並育而不悖唯好生而惡死兮人與物其同情何至德之昭明兮舉一視而同仁觀夫若商郊之祝網兮暨中山之放麛於禽獸猶有所不忍兮矧於人而違之尤異乎華陰之黃

雀兮終銜環而報施抑嘗聞江濱之白黿兮先伏篆而
朕祺善予皇之深慈兮澤旁沾乎微物念蒼蒼之生靈
兮曷非辜而有忽嗟羣兒之何幸兮脫萬死於斯須遂
重登於遼廓兮從心性之所如歷漫漫之河濟兮依漢
漢之江湖刷羽儀而再整兮顧儔匹而相呼縱物性之
或昧兮將天理之可憑粤作善而降祥兮同影響而足
徵匪麟趾之仁厚兮又烏致夫騶虞之蕃息願擴充乎
是心兮明刑政而不忒日揄敭於仁聞兮無一夫之不

獲譯曰爾危之生兮仁君之恩倏離鼎俎兮翔于天門東西無際兮南北無垠網羅交張兮矰繳相仍慎爾所止兮全爾性靈毋或輕投兮暝渚寒汀庶永慰乎王心兮想遐征而孔寧盍銜圖而獻禎兮逐韶鳳以來庭彰予皇之至治兮發詠歌乎詞臣超間平於千載兮流無窮之德馨

舒情賦

丙子之春二月既望時雨新霽微風扇和還鶯囀乎喬

木潛魚躍夫清池殿下披雲錦之裘秉玉花之驄出乎
清虛之府憩乎淩雲之軒召曾子禎鄒爾愚周是脩三
臣扈侍而登天桂清香之樓俯瀚雲之亭行山嵯峨淩
矗天門大河咆哮震盪地軸覽中州之雄槩當陽春之
芳辰顧謂三臣曰景則美矣遊則勝矣盍各賦一言以
舒吾情乎臣子禎賦曰
惟吾君之英姿兮瑩琮琥而含章稟天然之工智兮當
年壯而力强既生質之有異兮尤博學以無方宜由是

而益修兮式古訓而弗忘究三易之精微兮達六義之張皇稽蝌文之典墳兮正麟經之紀綱爰以兹而舒情兮將發越而飄颻願留心於臣言兮斯情舒而允臧臣爾愚曰惟吾君之貞德兮皎氷蟾而光輝體恭勤而成性兮行孝悌而有儀躬温凊而定省兮謹晨昏乎庭闈覩椿萱之俱茂兮欣愛日之舒遲效姬旦之屬屬兮若不勝乎捧持既承順而上安兮亦友于而下施歌棠棣之韡韡兮感前人之詠詩構花蕚以成樓兮將容與而

怡怡爰以兹而舒情兮藹和樂於無期願留心於臣言兮斯情舒而允宜臣是脩曰惟吾君之達道兮坦周行而安行既修齊乎身家兮亦致忠乎帝庭遵祖訓而拳拳兮扶皇綱而明明儆東平之為善兮慕河間之執青宣仁化於中州兮撫蒼蒼之生靈俾既庶而既富兮展同樂乎和平念一夫之不獲兮交惻怛乎中誠至比屋而可封兮作良則乎四鄰培王潢於萬世兮臻百福而長榮爰以兹而舒情兮播悠悠之德馨願留心於臣言

兮斯情舒而允寧於是殿下喜三臣之賦之各有取也而爲之重曰緊三臣之進言兮俱有倫而有理飭先後與始終兮將啟沃乎吾志彼聲色與畋遊兮固非吾之所尚暨神仙之杳冥兮多徒勞於夢想唯諸臣之所言兮擴吾情而以舒既情舒而心廣兮當克終乎是圖三臣者樂聞殿下之重之明且晢也皆再拜稽首忻忻而退

吉天鳥

告天鳥大如寒雀常以四五月清明高蜚霄漢疊疊如訴言故名江南最多而中原未之見及至塞外復有之感賦其意以為近君得言者之戒云

爰有小鳥兮其名告天高翔雲漢兮疊疊有言厥言伊何兮世路風波人心不古兮直少曲多臣節或虧兮子道或違干倫犯禮兮皆心之為願天宏仁兮普生吉人家俱孝子兮國盡忠臣人人自愛兮謹修不怠上下安和兮熙帝之載其或爾鳥兮所告匪良嫉賢妒正兮讒

惑生蒼明詰為昧兮愚闇為明變亂黒白兮淆混濁清爾爲如是兮不獲天心天將降鑒兮爾罪則深勗哉告天兮式慎爾口敷奏弗愆兮保乂爾後

凱還賦

洪武丙子春三月詔命儲王殿下發河南兵馬率由北平出巡邊沙以四月度居庸關至開平選調精鋭直馳海外於以宣揚威武布敷德意轉駐集寧方圖深入俄而有使名還於是班師振旅道大同歴恒岳徑山西向

紫金闕歸馬奉命羣臣賦凱還之什其辭曰

緊朔漠之渺茫兮盪天山而一空忽變庭之蜚簡兮讋擲火之流紅發天兵而迅掃兮詔儲王之英雄統諸將之桓桓兮驅萬馬之龐龐度黃河而越大行兮歷燕都而出居庸抵開平之巨鎮兮廼甄拔其鋭鋒命驍渠以分部兮超萬里而追蹤誓悉整夫師旅兮于以奏乎膚功王師踰夫黑山兮沙闌河之幾重擁旌麾而興雲兮震鼓角而生風貔虎怒而咆哮兮野禽逃其困窮駐集

寧之故壘兮臨碧海之溶溶思漢武之逐北兮冒未隃老尚之庭東列窮廬於漭瀁兮羅甲冑而堅中鄙頗牧之奔走兮盻衛霍之折衝既塵清而波息兮振予旅乎旋逢輯戎車而燀燀兮言遄臻乎大同惟邊人之慕德兮嘆遵渚之鳴鴻覩衮衣而莫留兮徒勞心之忡忡聆凱歌之載路兮日瞻望乎崇嵩喜征夫之聿至兮慶室家而雝雝建千秋之升平兮沐九陛之恩隆著英聲與偉績兮共河流而颯颯

珍愛堂賦

猗古澗之雄州兮萃人物其紛華維世德之綿延兮有張氏之名家耀簪紱於雲仍兮代不乏乎偉傑恒以賢而繼賢兮益有光夫先業或孜孜而儒術兮研周孔之遺經發宏詞而震達兮冠羣英而爭鳴或洸洸而武力兮凌賁育而賈勇立奇功於反掌兮播威譽乎都統何敬齊之通明兮見超越乎常倫究神農之秘旨兮思廣濟夫生靈窺軒岐之户牖兮探孫陳之閫奥揭珍愛以

顔堂兮示保身之至道唯哲人之自玉兮存貞固於斯心累千金而不易兮貴豈翅乎璆琳唯君子之本仁兮體寛洪而惻怛由親親而及民兮私旁推而逮物念彼昏之罔知兮日便便而恌偷彈隋珠以抵鵲兮眥鉤銖而弗繇復儉儔之殘忍兮胥戕賊而殲殄甘暴棄而行悔兮曾保修之是檢因顔堂而見志兮徵名書于鉅公表吾珍而吾愛兮使當世之人咸珍愛乎厥舫粤流芳而衍慶兮充千門之駟馬膺魏封於清河兮聲渢渢乎

朝野歷文敏之榮哀兮煥碑銘乎奎章仰豐功與盛烈兮雖没世而不忘迨兩淮之運使兮沐皇明之恩渥錫祿養而歸休兮陶暮情乎丘壑躋八袠而康强兮儵羽扇而綸巾秩天序而睦睦兮究奮建而椿津乃祚胤之蟬聯兮有仕倫而緝緒懷醫國之良材兮心拳拳乎報主肇交游其既密兮一進止而云同擧珍愛而謂予兮聿昭昭乎始終望白雲而興思兮慨江湖之迢遞想高堂之素髮兮曷溫清其能遂山峌嶬而崷崒兮水潎浹而

潺潺禽吻雝乎昕夕兮木蕙蘢乎春冬琴書廓而有容兮軒櫺豁其四矚追偉迹於前人兮獨悵悵乎心目重曰天地渺茫兮萬類紛紜宏仁濟衆兮寔資至人斯堂斯扁兮重厚光明所珍所愛兮莫甚吾身為善食報兮視于階庭綿綿炳炳兮蟄蟄振振鄙銅鈎之得失兮嘆台星之虧盈薄連衡之誤世兮笑結轍之沽名唯斯堂之寓意兮藹蘭室之芳馨俾人人而悟達兮斯體安而氣平爰揮毫以作賦兮持將歸乎仕倫願勒石乎堂中

分庶垂輝乎千春

論類

英將論

臣聞自古明王聖主之有天下也莫不奮武以創業崇文以守成三代而上德化易行故天下既定則偃武修文由漢以來邊鄙多事則又以文武並用為長久之術此為國家者內而良相外而英將之不可一日而偏無也然則嘗觀夫將之英者必皆大志長材之士工應列

星之精下為嶽降之神主而氣質雄傑情性英烈當其佐聖主以廓清也則能挺拔戎行出為時用以遇主知至于剖符授鉞膺閫外之任東征西討連百萬之衆主之以仁行之以義所過秋毫無犯及當攻城略地臨陣對敵奮如鷹揚迅若霆擊或分兵以伺其不測或合勢以衝其堅壁矢石交下不動容色致能戰勝攻取所向無前而成開國之大勲也當其六合塵清四海波息飛龍御天維皇之極則能列土分茅以守四裔而衛中國

為屏為翰而君臣同體也為藩為垣而上下同德也措天下於泰山之安鎮國家如磐石之固由是而勒金石播聲詩名留竹帛照耀千載與漢之平勃晉之陶謝唐之郭李宋之曹石竝稱堂堂乎功加于時炳炳乎業垂于後使百世之下忠志之士聞者莫不感發思效其為人此英將之畧也然亦在其主之能用與不能用耳假令偏師一旅待罪行間親倖監軍動多掣肘則雖有陳周陶謝之能郭李曹石之畧吾未見能相與以有成也

銘類 行述附

故廣東都指揮使驃騎將軍狄公碑銘

故廣東都指揮使驃騎將軍姓狄氏名崇字其鳳陽其里人也相傳為宋中書令青之後公生而穎悟甫成童魁岸不凡驍勇多智畧里父老奇之咸曰是兒必興狄門比長疎通練達好讀書氣質雄傑有折衝禦侮材嘗云士之處世文不足以經綸邦國著名當代武不足以戡定禍亂立勲天朝生無益於時殁無聞於後烏足以

稱大丈夫哉元祚寖衰四方騷動時清軍僉院張鑑召募英勇公挺身戎行鑑喜輒推為渠帥公於斯時知元綱解紐而羣雄蜂起將擇真主以歸我皇龍興豪傑響應誅暴救亂民徯來蘇公曰此真我主也丙申春於揚州渡江因丞相徐公入見言論慷慨有國士風上器之命從徐征戴花進與張士誠遇戰攻尅富莊丁酉春三月隨徐攻常州取之夏四月攻取宣州六月取江陰甘露秋八月攻馬馱沙十一月由瓜州還變戊戌夏六月

進拔通州黄橋冬十月收宜興已亥春三月征樅陽安慶以決戰功為石部都先鋒秋八月進尅無為冬十月尅池州清溪河口破儂刀趙海舟十二月隨征杭州庚子夏五月於龍江敗陳友諒兵隨取太平以功為帳前都先鋒是年八月進取銅陵大通攻拔程輝山寨辛丑秋八月隨徐相復安慶江州九月進征湖廣冬十月下駐江州擊梅家寨壬寅夏四月攻尅南昌九月修安慶城冬十一月尅平城山羅家寨進授千户癸卯春三

月隨徐相接應安豐因攻廬州秋七月從大軍上江西
於鄱陽東湖之康郎山與陳兵鏖戰敗之十月進攻湖
廣甲辰春二月下武昌秋七月復廬州八月赴安豐乙
巳冬十月隨徐相攻泰州大興海安壩十一月赴宜興
丙午春三月攻尅高郵收馬邏港水寨夏四月尅定淮
安濠泗安豐秋八月進征浙西冬十月尅平舊館營寨
十一月尅湖州吳江進攻蘇州吳元年秋九月尅之還
燮冬十月陞驃騎衛指揮僉事洪武元年春二月隨康

都督於濟寧會徐相軍兵進征中原三月取汴梁行定河南陝州潼關夏五月欽授宣武將軍六月師還陳橋秋七月攻衛輝閏七月隨徐相度河定彰德磁廣平臨清長蘆河西務通八州八月取北平涿良鄉永平薊保定等州冬十一月冠固關平安州十二月進取太原二年冬陞龍虎衛指揮副使三年春往定西拔王保保營寨攻秦州徽州經一百八渡至興原祥州直抵臨潼等州悉破降之夏五月加明威將軍冬十月還朝十一

月除濟寧左衛指揮使欽授世襲昭勇將軍五年春二月領兵北征沙漠夏六月抵阿魯完河遇敵軍合戰大破之秋八月回守濟寧六年春三月率兵臨清聽調十年春三月欽改昭武將軍十一年春三月欽更世襲昭武將軍濟寧右衛指揮使十四年冬十月欽除廣東都指揮使十六年夏六月欽授驃騎將軍二十年遣征雲南至金齒以疾卒還葬濟寧城南之鄒家村與夫人阮氏之塋合焉公生于某年某月某日某時享年六十有

幾夫人封譙國郡君繼封淑人子男七人長曰濟字子淵克紹公志年未弱冠名赴京師御試材武深受眷知命征西鄙全師奏捷事二親以孝聞次曰枼枼女幾人枼枼嗚呼公之生也負不羈之才長也遇昌朝遭聖主如魚水之合積功累行以致爵位行天下之達道而歿於盡忠可謂大丈夫不愧梁公冢兒也已矣子濟且能篤於孝思予時奉周府祠銜哀述狀不遠千里乞銘以垂永久矣夫以一門之間忠孝如此余安得不叙所聞

公之本末以副其請而為他日太史氏之徵云銘曰

元季失馭我皇建中虎嘯風冽龍興雲從豪傑響應

爰有狄公桓桓赳赳萬夫之雄英姿義氣式協宸衷

入扈清蹕出參元戎應機決策發憤竭忠矢心報國

攘除奸宄所向披靡孰當其鋒惟皇斯鑒軫念勲庸

名曰以顯爵日以隆時平事定善始令終有子繼述

藹然父風夙膺聖眷俾承厥宗孝思篤至葬祭恪恭

濟寧之南郗村之中陰陽合吉土厚木豐勒兹貞珉

垂于無窮同彼濟水長流渢渢

故處士蕭君會文行述

處士姓蕭氏諱斌會文其字廬陵澹溪里人也相傳為漢相國何之裔數世至定基御史以是里有林泉之勝因徙家焉再傳而族益蕃業益廣衣冠詩禮代有偉人祖景原父九和皆表表為鄉閭望處士生而岐嶷性聰敏卓越大異常兒七歲讀小學書日記數千百言甫成童涉獵經史能詩文鄉先生如筠劉公識其非凡庸器

以女妻之事二親篤於孝道雖厚資産庭闈珍鮭之養歲時不匱而外遇甘旨即山膚水毛不忍輒食必攜歸以奉親受而卒食則喜見顔色自餘定省晨昏曲盡禮意鄉人則之年幾弱冠負氣英英有志世用遭元季寖衰羣雄蜂起海宇鼎沸知其時之不可為也於是折節為恭抑己為謙唯以積善保家為事行如茅容止如雷義宗族稱其孝鄉黨稱其悌者一無間言當甲辰乙巳之秋兵燹蕩析而永新劇寇尤為民毒是邑當其出入

之衡豪門巨室朝有而夕滅者往往而是君則識時知幾先事遠引全身濁世人皆服其明且哲焉天朝廓清時平事定則還于故園修其牆屋合族以處以耕以漁以樵以牧雲林之趣琴書之樂悠然而無窮也闢東軒蓄典籍延明師以教其子弟家庭内外綜理周密少長秩秩如也童僕欣欣如也雅好賓客風晨月夕則左圖右書前花後竹或焚香或彈棊一觴一詠興不極不止也洪武癸亥秋隣邑龍泉耗作里之鼠輩亦應以起焚刼

不貸及處士之門則相戒引去曰此善人之家勿害之也既而邑之屠膾而傑棟者畧無遺構而處士之居無恙君子以是信其豚魚之孚而厚躬之報乙丑歲饑單民多流離困仆計無所出富人積粟自如唯日高價取倍蓰利為快至於操壺瓢為溝中瘠者舉目有之恬不之顧君則惻然憂憫之進諸子而謂之曰富而使人分之積而貴乎能散古之道也況當斯時顛沛而流亡者日益以甚容可飽食坐視而不思所以拯濟之乎即命

發羸儲以賑不給於是里之貧民賴以存活者居多已巳兄會禮父子俱殞於癘衣衾棺槨窨無所措輒捐貲資其葬祭了無靳容君子以為難庚午郡邑檢徒相結而奮廷奏不法意在盡傾名右以逞其私株連而顛蹶者不可勝紀風恬浪息則屹然於滄桑陵谷之後如處士者不多見處士生於至正乙亥十月二十八日亥時歿于洪武乙亥十一月十一日辰時享年六十有一配劉氏有賢行生子男三人長仕珩次仕琚其季仕璵出

繼會友後女二長淑貞適山里吴氏次淑端適永陽胡氏孫男四人明珠驪珠連珠圓珠如治命以歿後之四日葬于里之南港羅家山枕巽巳履乾亥乃生前之所卜吉也平日所為詩文隨意流出自然契妙初非雕肝琢髓爭奇尚異者之可倫擬然以屢經變故全藁漫無存者仕珩以襄事之明年采得其晚歲所作僅百餘篇鄉先生雲窩趙公題曰遺音集而為序其首士珩可謂賢而處士可謂有子矣夫何憾乎嗚呼予憶平居時嘗

慕中州潞溪山水之勝乘興造焉與故人昭遠劉君叔恣文學登會文堂一見握手懽如平生是夕置酒張燈豪吟縱飲其弟會友亦温厚典雅伯埙仲篪交樽累俎主勸賓酬更唱迭和忘寐而達旦醒視所賦篇什則筆陣縱横語意雄壯各疑其有神助而風流調度殊覺其冠絶於一時也既而予以宦游去鄉而二子亦以徵辟就道去年予脱汗難復得備員王官留居京邸今年夏昭遠亦以崇陽司訓來朝談及交游出處存亡知處士

歿且五年叔奐別去亦六七載矣反思疇昔會文堂中之樂恍如春夢悲夫適仕珩因昭遠來請狀其行之實以求當代鉅公幸為銘若誄以揭諸幽庶垂潛德於悠久予於處士有忘年之故且昭遠之賛益力義不得果辭謹疏其世系志行卒葬歲月之詳以為立言者之資如右云時建文歲夏五月望後迪功郎衡府紀善同郡周是脩撰

正固蕭先生行述

予吉之為郡隸大縣有九而廬陵西昌文江又其尤也西昌縣漢唐迄宋元號多真儒偉士至天朝國初為益盛二十年餘若劉先生子高王先生子啟海桒陳先生雅言蕭先生皆相繼物故吁可悲也夫所幸而憖遺為斯文之領袖後學之矜式者正固先生一前輩而已既而予以召命宦游河洛復四三載鄉音南來又聞亦屬纊於分袂之明年矣嗟悼久之曰何吾邑老成之凋替倏忽殆盡若此耶建文歲予脫難還朝未幾而先生之

令子遵以才德著望郡縣交薦于天官會同京師受靖江
王府直史乃得詢先生順正之概悲痛復不自勝遵以予同
里閈知先生信行出處為悉請狀其實以求傳於當代立言
之君子予不敢辭謹按先生姓蕭氏諱岐字尚仁正固則其
所顏歸休自適之齋而門人因以私謚也蕭氏世居郭西之
柳溪里溯其先由六朝齊宗室曰叔謙襲封西昌侯食邑吉
州泰和故家譜猶稱金陵蕭氏建隆中叔謙之十一世孫景
純以明經仕至殿中侍御史弟景大之五世孫服補太學

生七世孫森攻書經中嘉定甲科以直言忤時相左遷衡山丞先生其六世孫也曾祖昕可字古山學行純正祖静安字與道志節清曠嘗帖其門曰一溪活水五柳髙風治園亭池墅自娱俱隱德不仕父方平以書記死于文天祥厓山寨先生生泰定乙丑四歳而母亡五歳而父入廣零丁孤苦承祖静安公之訓幼穎悟恭謹自知讀書為文誓不失先業甫成童以書經獵獵有聲場屋既不偶于有司且知元季運否又以祖父母衰老未能棄離即退悔自守恂恂鄉

黨閭敦睦典則稱於人人每醉歸袖手促步過市無少怠容父老指以相語曰此君子醉也翰林楊公吟窓奇之以兄子妻焉比壯博通羣經尤長於四代之書講貫洞徹識見廣遠如巨海長河浩浩蕩蕩莫獲窺其涯涘四書習更精熟每卧誦以勉諸生終卷不失一字士林推之性端重不喜諧謔嘗宴會豪士有垂老者中席酣暢或舉杯相屬曰吾徒身後碑銘惟先生是托先生拒其酒正色曰須好為人庶不閣吾筆也一座為之改容

世變以來禮法廢弛閭里宴集諸少往往諠譁恣肆動至連裯有識者多畏避不敢赴聞先生在則忻然相即曰一蕭先生是可鎮席矣先生待諸少不惡而嚴語稍不當惟正坐不應諸少入侍或隆冬而汗四方來學者誘掖諭道不倦一言一行足為儀表以故及門之士莫不涵養造就戶外之屨常滿而邑里後進薰其德而善良者亦不少也與人交無屑屑責備愈久而敬不衰事祖父母盡孝愛之道容故家大族遇盛宴有罕致之味

必不舉笏諸生承意輒臺餽于家楊氏亦克恭婦職奉順唯謹備物致養及釵釧無所靳惜静安公暮年失子而歲時盡歡年皆九十而卒當承重之責歸厓山之骨雖亂離造次不少忽於禮哀慕常如初喪焉楊氏以連年重憂成疾而卒既而世運更革柳溪之居蕩于兵燹長子忠被擄於寇繼娶栗原羅氏亦詩禮名家距邑西北十五里羅氏伯兄允道嘗偕赴鄉試力致先生於其里因家焉國朝廓清大興文治旁求俊乂悉會京師於

是老師宿儒彬彬輩出先生語兄尚魯曰蕭氏一門唯我與兄耳今諸幼皆未成立不可他圖也一往不復則祖宗墳墓何所托乎語畢涕泣交下自是累舉不就洪武壬戌春詔舉天下賢良共論治道有司强起之先生以其子遵稍長足紹基緒且時之憸民告訐蜂起動以逆誣奏乃憣然曰既生為丈夫子何可無益於斯世哉殄行震驚吾不忍見也安民有詔吾將應焉既至京首陳十便書其畧一曰審察誣告謀叛者以便良善二曰

禁止賣封者以便人倫三曰免池塘之稅以便耕種四曰旱計撥秋糧以便會計水脚五曰旱行移折收以便民間預備六曰雜料隨土地所宜以便價直七曰雜造不必團局拘監以便民自為八曰罷坐所由以便同寅九曰依律科斷以便當罪十曰考覈生員以便學校書

奏復懇陳民無寸鐵之刃而撥叛逆之名誠可痛也上

嘉納錫宴右角門明旦名入覲撥潭王府左長史先生以年老不欲以長史任煩劇辭至再四竟忤旨謫教雲

南楚雄府受詔就道明日上念其忠言在耳而又憫其老也遣騎追至采石乃還入見復得旨留京師朔望一入覲居歲餘一夕夢神人引至一室有古書筐篋之類指示之且曰先生就此得歸家矣覺而異之是歲秋九月乃有陝西平涼府儒學訓導之命既至學舍則皆如夢中所見因長嘆曰何莫非命也自是安於教授嚴條約以身先之學者信服屯營守帥皆遣子從遊善誘所施率就雅飭蓋其與人為善本於至性故自大江以西

經生進士多出門下名播省憲當大比之歲則聘幣交至必以主文正考官為請先生亦樂領之且曰掄材為國正吾儒者補報事也二十三年校文湖廣士論無閒得舉人六十四名既畢入辭楚王殿下恩遇有嘉二十六年校文福建得舉人五十四名兩試所取經魁比會試仍多甲置二十七年奉詔考定典籍始至賜宴奉天門趍朝賜食時召入對屢獲稱旨宿食會同館往來翰林國子凡四閱月學士劉先生三吾祭酒胡先生季安

論義多所推重已而得歸老之請宴餞奉天門賜衣被靴韈給道里費比歸則傾竭行囊集士友營樂丘于近里之楓山因語鄉黨曰吾且老矣若等宜守律處家勿犯條例今上神聖聰斷動必加法不汝貸也樂丘既成復自誌而銘之因寫真而自贊之曰吾以此見祖宗於地下差不辱矣二十九年正月初度日親友捧觴為壽先生曰吾益衰矣今年又大比其能免於考試之行乎三月浙江之使者果至而先生以六月二十二日戊申

得疾氣疾自午及酉無一語及家事忽攬衣起坐曰吾其止於是乎言終儵然而逝享年七十有二子二人忠字用文以被擄為臨洮百户何遇婿消息不聞先生自平涼歸而用文適入覲邂逅道左且哭且慶遂獲送南還履險如夷君子莫不以先生為積善之報焉遵字用道篤於孝行治喪始末一依文公家禮蓋率先生之庭訓也夫人羅氏後先生二年而卒孫男六人望朏旴晦恒曙先生平生所著述詩文累千百篇初有正固藁在

京有京華藁入平涼有歸來藁在湖廣有鄧渚藁求墨跡者所至填塞常曰吾為文不肯訣人斤言但移置一二人便用不去有五經四書要義傳于家又嘗取刑統入韻賦引律理為之解併為一集或問之曰二書本不可同日語先生胡為合而緝之答曰天下之道本一而為用則有二曰得與失而已入乎此必出乎彼出乎聖學必入乎刑統吾合二書將使觀者知所擇也凡其著述皆有關於世教之說一有不經輒觝排擯斥不少許

可海桑陳先生讀其文而序之曰先生養高龍門三華間清修苦節種學績文不求聞達而亦未嘗不達追古之不顯亦世者歟尤不信鬼神邪怪之事鄉鄰有疫癘無憚昏暮赴救之曰此人家均稟不正之氣故均得一證鬼安在耶當時學者望而愛之知先生有不可奪之節仰而思之以先生有不可及之德相與即先生之名齋而私謚為正固先生云嗚呼先生間關歷落以有其生辛勤來歸以厎于道有文學以淑後進有德義以敦

薄俗使論道安民之際得以在朝其所立豈不彰彰矣乎而卒不得遂其志豈非天哉然進言足以便民掄材足以為國著述足以傳世敦善足以垂裕於先生又何憾焉况於易簀之頃正大光明得非知幾於天者耶予也以後學膚淺固不足以發揚先生之潛德因用道之請始述見聞所及者以復之庶將為當朝秉史筆者大書特書所賢之一二焉耳

傳類

三義傳

一義者吉泰和鳳岡胡如林之犬也有元初胡爲泰和巨室如林胡氏之傑然者也富而敦詩書重交游喜射獵常入山以所畜愛犬自隨防虎而射之宜捜抵絶壑中卒與虎遇機未及張而爲虎所攫仆地將噉之犬見主危亡命以赴縱囓虎尾虎棄人而從犬則退走喧吽聲動岩谷虎復攫人犬復以死進囓如是者屢故虎不暇噬而如林已魄喪不省矣既而旁林之樵者訝犬聲

之異羣趨而視之虎稍驚卻犬奔伏主身若覘其傷否樵者知為如林併力逐虎如林移時乃甦迨歸賞樵者樵者辭曰公所以得免於虎者是犬之功也如林感其義撫愛不下所生數日犬以駭膽而殞如林慟之具棺斂以人禮葬焉君子聞之曰勢迫主危去死一間為畜犬而能捨生赴救勇黠若此卒脫主難死以義稱為人臣食君之禄而有不憂社稷市私賣國臨難苟免貽唾罵於後世者嗚呼可以人而不如犬乎

二義者滁陽野湖之鴈也洪武丙子冬十月予從王子朝京師經滁陽去周道里許有湖方百餘頃鴈鶩之團沙以居者不翅萬計王子令將校縱名鷹擊之鷹發而鴈起蔽空如雲鷹竦身直上拳擊一鴈還墜湖沚間鷹據鴈爪嘴各肆其鷙鴈殆而音甚哀羣鴈皆迴翔喧呼不去俄而一鴈下赴以死敵一鴈繼赴之其敵尤力又數鴈下赴之皆殊死鬭鷹幾不支以走免於是始受擊者與諸赴救者俱定神理翮而舉空中羣鴈亦喜舞下

迎噭噭喤喤然若相唁相勞而相慶焉觀者莫不異之君子曰義哉斯鴈乎同類和處一罹於禍則勇敢者爭先赴難格鬬若此之力世之人為兄弟為朋友平居懽洽自謂魚水之不若蘭金之莫加一朝勢窮利盡或變故卒至則紛然解散視曩之同契顛連困踣倉皇而失措者曾不動心一相拯援甚者至於投之井而又下之石焉者比比有之於斯鴈寧不大可愧乎

三義者陝西長安蒲陽里晏氏叟之烏也叟性慈仁而無

子夫婦獨居行林中見雛烏為風雨所墜螻蟻餟之叟惕然不忍取而救之歸養以藥籠閱月而瘡痏瘳羽翮稍稍然長馴擾眷戀有感恩慕德之意叟奇而釋之由所之烏乃留止庭樹旦暮去來愈相親狎叟益奇之名之曰黑兒聞呼輒至止叟几席懷抱間以為常一日銜金釧泊叟膝上作啞啞聲若伸其報臆者久之求一雌為偶結巢庭樹育子而孫歷二歲詵詵以十餘皆馴狎如黑兒之習叟婦或近出呼黑兒以護家即謹守于門

人至則噭噪搏擊拒不容入婦還哺以所攜則忻躍無任婦亡一髢求之弗獲呼之曰得非汝輩銜置巢中乎少頃銜髢至婦前以獻又二歲而叟卒晝夜哀號于庭率其類銜土以益塚封又歲餘始去庭樹莫知所之焉君子聞之曰世降俗薄兵凶荐臻士子有流離而失據顛沛而無告者幸遇長者收而畜之寒以衣饑以食病以藥凡可以成全而保愛者無所不至及其免於患而賴之以壯且强也其不忘不悖眷眷而不去切切以圖

報者幾何其人或思故里而欲返其初或因小忿而輒昧其本邈然無情飄然棄去者往往而是皆是烏之不若也

周子因三者而嘆之曰古人皆云人而無禮無義則與禽獸奚擇是果可以一槩論哉麟鳳龜龍為聖世之禎至若虎狼之父子蜂蟻之君臣騶虞之仁王雎之别皆性中之天無間然矣又若晉之義馬唐之義象義猴俱著名傳記不可誣也今泰和之犬則能捐生以赴其主

之危滁陽之鴈則能奮迅以救其類之急長安之烏則又能馴慕以念其人之恩犬鴈烏禽獸也其於徇義且爾況稱爲萬物之靈者乎況讀聖賢之書習先王之道而名爲學者乎傳其事以爲流俗之戒且勸焉犬之事予聞之先師渚樵胡先生先生如林之至友也鴈之事予親見之烏之事聞之郢府紀善周㴒禄氏㴒禄嘗教諭於長安於叟爲鄰比云

南樵道者傳

廬陵之西泰和之北禾川之流出焉至灘江迤東蕩然
平緬為螺溪鉅野沃饒而常稔者百萬餘頃富民亘其
原以處者棋布星列溪之南羣峰聳拔岩壑深秀有徑
通邑行六七里望之雲木參天風湍殷地廬舍田園映
帶依約宛然盤中之勝者著姓胡氏之居也胡氏出宋
忠簡公銓之族衣冠文物代不乏人若允中號南樵者
是族之尤彥者也幼聰敏魁岸不凡比長重義好文有
聲江右性情雅愛所居之南峰巒叢翠常以綜理之暇

葛巾羽扇攜小童操斧斤入於松篁陰翳泉石幽夐竟與意會之處爲樵采以自適曰人生斯世趣向不同觀其紛紛攘攘於交衢闤市蠅營烏聚所爭者貨利多得以爲快迷而不之悟往而不之返是豈知吾樵之有真樂哉吾樵於朝也日出霏開孤雲徘徊臨清流以濯足坐茂樹而舒懷長嘯一聲天風徐來飄飄乎離物外之僊樂不是過夫豈若買臣之傴僂据拾而徒以薪爲哉吾樵於暮也夕陽在山烟景冥冥禽鳥交響麋鹿並行

方捫蘿而出谷亦披榛而經垌顧視東擔曾不足熟一豆羹郊扉伊邇稚子歡迎又豈若買臣之憂勞蹭蹬而遭愚婦之輕哉至吾樵而歸也則西樓月上左琴右書几席陳列憑軒俯睨萬物浮萍於是命酒高酌悠然而陶情未知天地之間復有何樂可以代此彼金谷郿塢誠何足以久恃與夫十朱輪六相印又安能必其終榮是皆非吾之所樂吾之所樂其唯寓於樵乎乃為之歌曰吾樵于何兮于彼南峰吾樂于何兮于樵之中人孰

不樵兮往來翩翩以樵爲樂兮吾則獨然人不吾知兮吾不以告優哉游哉從吾所好好事者有和之者曰南峰之樵兮君子娱之峰陰之堂兮君子居之樂其樂而不饜兮于峰之閒孰若發其所藴兮覲于龍顏披閶闔而呈琅玕兮以敷以奏以兼善於天下兮光前振後南樵聞而笑之復和之曰吾知吾樵兮不知利達之爲心吾知吾南峰兮不知巖廊之高深知子之言兮吾寧不喜行止由天兮曷曰由已君子居易兮不忮不求進則

廟堂兮退則林丘無往而不自得兮其心休休其心休
休兮其樂悠悠好事者憮然曰命之矣是脩周子居京
師聞南樵之樂之無窮又聞其與好事者和答有高世
委順之志傳其事使聞南樵之風者於薄俗亦有所勵
焉

贊曰昔諸葛孔明隱居而樂於耕怡然自適初未嘗
有干世矯俗以其聞達之意及其遇明君而强起風
雲際會如魚水之合得志於當時垂名於後世若此

其盛南樵抱才樂義而隱於樵亦何異於孔明之耕乎況今聖人在上羣龍滿朝拔茅連茹南樵果得終隱於樵乎殆不可得也然則其亦可謂斯人之徒歟好事者之歌其不亦可徵云

馬進忠孝行傳

廣平邯鄲馬進忠氏姿性清粹材識俊敏洪武已已間年甫及壯以人才應郡縣辟赴京師膺歷試欽授周府引禮舍人勁慎忠諒深受眷知養慈親以篤孝著聞其

先府君當元至正末從寓解之平陸娶張氏而生進忠兄弟三人府君疾革度弗起而進忠沖幼乃書遺言于簡曰邯鄲故居爲蘇曹劉家之莊居之西半里而近則祖父母之塋咸在焉而吾父之歿遭際危時棺槨之具倉卒無所備迺以二石夾而瘞之爾兄弟他日幸遂成立其尋祖骨而安厝之則吾無憾於冥冥中矣進忠由守官以來五載于茲而府君遺言拳拳服膺至甲戌之冬以聞于廷得命寵賜營壙之資即偕其兄顯忠并挈

妻挈還抵邯鄲訪其所在而宗族皆物故播從靡有子遺僅有外兄田圭年過七十而盲約語其地之遠適俾求之時久雨環丘塋皆水深數尺又天寒氷凍進忠不避艱苦懇訴上天躬操斸鍤徧掘荒蕪雖汗膚胼手益堅不怠旣而果得二石遺骨宛然審其厝置一如遺言特泥潦沮洳傷慘因心於是救泣撥拾棺歛惟謹改擇亢爗之原以是冬臘月之七日維吉而安葬焉事畢翌日往祭壙所而深溪氷沍悉解不得復度唯隔流祭奠

而已父老咸曰若進忠者克葬其祖而遂父之志始焉求之茫昧之餘而竟得之終焉迄襄事而氷乃泮豈非孝心純至而神之助之有如此乎謂非賢者能之乎

贊曰昔廬陵趙孝子求其親骨於荒岡萬塚之間而不得乃哀號籲天解髮繫馬鞍使引馬遍歷諸塚誓以髮解鞍墜爲親骨所如其禱得骨還葬孝道至今稱之馬進忠氏其斯人之儔歟其斯人之儔歟

頌類

西村小隱頌

西村小隱者南徐運使行素張先生季子士開所卜為恬退游息之别墅也其兄士倫官吳府醫正文采相輝友愛篤至士開常奉父命一省兄來京師輒簪聚累日盡談笑之雅且得聞西村之勝小隱之樂為甚悉予既喜士開素志之不羣而尤羡張氏奕葉之多彦也賦四韻紀其實復為頌一首用申致夫美勸之意焉頌曰

君子養德退然自安時未達只吾斯考槃考槃伊何粤在

山水靜者方仁動者喻智本乎仁思不忮不侮寛洪惻怛物各得所由夫智焉不惑不愆周流著察飛躍天淵題彼西村疇其小隱辰彼張君厥識炳炳厥識炳炳厥心休休尚友千古式慎清修讀書觀道曷資用舍于夕于昕益介純嘏碧梧娟娟翠竹泠泠啟居維適澹然以寧澹然以寧善終令始移孝為忠孰曰弗美孰曰弗美追其今兮允彰慶譽獲我心兮

康母陳氏貞節頌有序

天地絪緼萬物化醇得二五之秀者為人然人之道果何異於物何貴於物哉亦曰彝倫攸叙而已夫仁義禮智根於心視聽言動接於事率其性而行其中聲色之所不能揺勢利之所不能奪男以賢良忠烈顯女以慈淑忠貞名超乎舉世之庸庸碌碌者斯始不愧於為人之道焉若今西昌康母陳氏其人也母以懿德善行著聞昭代蒙旌表之榮於高廟發詠歌之音於詞林足以感發正氣足以激勵頽風顧康母之為人於吾道非小補

也庚辰冬其聞孫孔高由祁陽學宮朝京師會同公車

乃得讀貞節之卷若先輩村民陳先生之序徵士正固

蕭先生之品題僉憲公瑾鄒君之贊以及雄篇大章不

一而足其行實榮遇之本末紀之備矣予也仰惟康母

之休光而忝在孔高之宿契可無言乎是為之頌以繼

諸君子之徽音而益彰母德庶幾為當世勸云頌曰

猗歟西昌民醇風良有著氏康康母陳賢夙傾所天負

節彌堅節既堅止慎終如始聞于丹扆高皇是愉命邑

大夫武旌厥閭額書煌煌潛德允彰起敬四方雲仍詩禮貽燕宜弟永錫蘩祉武山青青澄江泠泠食報與并中堂有翼頌詩孔碩流芳無極

箴類 贊附

戒箴箴

人孰不言言所當言不當而言速悟勿言不能速悟憂辱隨焉人孰不動動所當動不當而動速止勿動不能速止後悔必重人孰不思思所當思不當而思速置勿

思不能速置無益啟疑人孰不為為所當為不當而為速改勿為不能速改徒以遂非人孰不樂樂所當樂不當而樂速省勿樂不能速省極必生悲人孰不憂憂所當憂不當而憂速撥勿憂不能速撥空使神疲人孰不取取所當取不當而取速罷勿取不能速罷傷廉敗譽人孰不與與所當與不當而與速住勿與不能速住傷惠無度人孰不求求所當求不當而求速棄勿求不能速棄反命致尤人孰不愛愛所當愛不當而愛速覺勿愛

不能速覺悖德卒殆人孰不惡惡所當惡不當而惡速旋勿惡不能速旋斂怨與怒人孰不讓讓所當讓不當而讓速轉勿讓不能速轉徒成迂妄

警隨箴

當人之諠我則慎言惡聲雖及掩耳無懲不能掩耳禍害隨焉當人之恚我則懲怨强暴雖加退避無憤不能退避相戕卒困當人之昏我則存明蒙昧罔極獨理惺惺不能惺惺淪胥以塵當人之曲我則守直撓枉百端

勁直不易不能不易曷免辱屈當人之逆我則從順悖亂猖狂頁一自定不能自定姧倫滅性當人之邪我則主正顛倒縱横舉止必敬不能必敬積殃終吝當人之薄我則處厚忍劣飄揺不變去就不能不變逐末竟疢當人之偏我則執中黨比阿私和而不同不能不同抵戾厥躬當人之濁我則澄源污溷汨沒湛然清淵不能湛淵隨流汶然當人之酗我則戒飲沈湎荒迷兀然獨醒不能獨醒混焉湮泯當人之傲我則尚謙狂躁侵凌

不校而恬不能不校得失弗占當人之僞我則推誠詭詐萬狀確乎一真不能確真誣善匪人

紀善箴

維此紀善必資儒臣宗王道德爲國之楨轉王以義導王以仁誘掖啓沃首明天倫綱常既定尊尊親親忠上禮下撫軍恤民遏惡揚休調攝經綸隨事諷諭委曲而伸剛柔相濟進止唯貞希賢效正龜鑑畢陳閒平慶譽景行式遵理或未喻開悟諄諄引近端士斥遠憸人毫

髮無私表裏誠純夙興夜寐如見大賓始終志願昭格
蒼旻居高聽卑戒慎持循捧盈執玉三省吾身不愧不
怍俯仰申申猶弗滿假澡雪日新慕尚耆碩奬勵同寅
率兹以往益廣咨詢邦家協洽魚水交欣庶幾厥職與
物皆春

賢王修已十箴 有序

戊寅冬十一月紀善臣周是脩偕臣王尹實日侍經筵
說詩至衛淇澳美武公之篇諄復再四勉殿下以武公

好學自修之勤為之師法而底于成焉因寫墨竹為淇澳圖臣尹實篆淇澳三章于圖之右方冀嘗寘于座側以寓觀感殿下撫圖咨詢良有悟入既徵文於翰苑名臣以發其旨歸仍命臣是脩進言以為規益臣受恩皇太子備府員夙夜兢兢懼無仰報茲蓋忻遇殿下豁然開通慕善如此敢不畧陳其愚衷以效啟沃之萬一謹取切己當先之務述為十箴曰存誠曰立敬曰體仁曰務勤曰尚謙曰守慎曰行恕曰知足曰主靜曰保名唯

誠則不狃於虛妄唯敬則不流於惱慢仁則不至於暴殄勤則不淪於怠荒謙則不習於驕傲慎不苟於放恣恕不惑於怨憎知足不溺於貪瀆主靜則不迷於煩躁保名則不失於流放而賢王之道成矣殿下幸垂藻鑑篤念而勿忘則武公之自修亦不外是於東平乎何有由茲以往必也德日以新業日以盛以之而鎮安南服夾輔皇朝慶延後昆譽傳永世實臣等之深願也

存誠

王惟存誠誠存德孚循真履實去妄戒虚視聽言動取
則先儒誇誕誣罔允非良徒君子見道守誠若愚夷險
一致式善厥軀

立敬

王惟立敬敬立禮崇内志端恪外容肅恭主一無適恒
存于中以事君父為孝為忠以交神明斯感斯通以應
萬事罔不有終

體仁

王惟體仁仁者樂天寬洪惻怛衆善出焉殘害暴殄口
不忍言物物生生遂其自然君子遠庖養仁之源王其
念茲永天弗諼

務勤

王惟務勤勤則有成孜孜為善勉勉為仁夙興夜寐無
忝所生怠惰逸慾惡乎保名君子自強寸陰是程運甓
之戒篤師古人

尚謙

王惟尚謙謙尊而光不挾貴富禮下賢良德由以進名由以揚驕矜傲辟歛怨速殃君子悟斯鳴謙弗忘云何魏擊敬謝田方

守慎

王惟守慎慎乃德基兢兢業業杜漸防微治弗忘亂安弗忘危實見至理不顯無違君子夕惕慮勤維幾氷淵臨履禍斯遠而

行恕

王惟行恕恕行道生順逆好惡舉世同情綱常倫理天秩昭明更推立體何怨何爭君子責己鄙夫求人絜矩有道大哉聖經

知足

王惟知足足斯自安守分克己受福之端不辱不殆達人大觀貪瀆僭踰天憲必干君子素位坦然心官居易行順道立名完

主静

王惟主靜水止淵齊聖人至治貴在無為寡慾養心罔或自欺一切妄作秪使神疲害名災己雖悔曷追古今成敗可不鑒之

保名

王惟保名名由善成監于往古式慎持循誓揚慶譽以顯先親武公九十修省勤勤卒稱睿聖流芳無垠勉哉予王允效前人

進思閣座右箴

人生堪輿實蓄實夥利慾紛孳動致叢脞予何修之天爵斯荷言戒輕疎行慎庸瑣存心必平趨義必果仁不敢違直施其可忤容以恕衝避以左養氣沖和措志恬安勉是之餘奚有於我

高少卿遜志寫真贊

學足以為王者之師才足以為當時之傑道足以為當時之法行足以為後進之法再總圖書而直筆參夫造化七遷官守而忠誠貫夫日月非金石莫喻乎所執

之堅非氷雪莫並乎所履之潔是宜佐天子以濟黎元

闢訏謨而贊鴻業然則若公之生也豈不為大有功於

名教而實無愧於往哲者哉

黄禮用寫真贊

有禮義足以悅心有文章足以鳴世懷坦乎其夷曠性

溫乎其純粹首舉孝廉而受知於高皇再司教鐸而不

戚於卑位若斯人者豈非天將老其材而必為廊廟器

者耶不爾何其渢渢其容英英其氣望之儼然如是也

芻蕘集卷四

總校官進士臣程嘉謨

校對官編修臣沈清藻

謄錄監生臣秦咢雲

明·周是修 撰

芻蕘集

（二）

中國書店

詳校官刑部員外郎臣許兆椿

芻蕘集卷五

明　周是脩　撰

序類

終慕堂詩序

終慕堂者廬陵蕁溪彭安和氏所作以奉其親之所蓋取孟氏所謂大孝終身慕父母為義也余嘗卽是書而攷之孩提之童無不知愛其親者而知孝之道根於人

心之固有天理之至順由而行之初不難也特能不為聲色貨利之所搖奪以盡其道者為難克盡其道而愛慕之心又能窮達而不變始終而如一者為尤難耳大舜而下能終慕者豈無人乎若老萊子行年七十為嬰兒啼欲親之喜王祥蔡順有守柰分椹之誠盛彦姜詩有感螬躍鯉之應又如陸績黄香扇枕懷橘皆拳拳乎親未嘗頃刻而忘於懷非終慕者其能然乎欽惟天朝以孝治天下大誥三編申明五常彰善癉惡天下之士

不以孝悌力田舉則以孝廉徵使天下之為人子者觀感興起莫不一篤於孝移以事君莫不一竭於忠焉矧安和當名卿之裔為廬陵望族蕚溪山水之秀又甲於是邑其喬木繩繩簪纓詩禮代有偉人安和則彭氏多士中之尤稱白眉者也少涉學工文辭有美譽洪武二十五年邑大夫以奇材異等舉貢朝堂籍名天官授主簿職仍令服事冬曹歷試諸難旣而名聞當路嘖嘖有賢能稱二十七年陞授河南布政司經歷下車之初舉

賢良擿奸伏均賦役課農桑不五六月政聲隆洽詠歌作焉已而前官復任即解印就道河南士女莫不攀卧轅轍而不可止至京則有廬州合淝之命每憑高望雲懐雙親之不可見終慕堂之不得登而定省之道之不克盡也輒悠然感喟然歎或泫然流涕而不能自已焉在京宦游親友高其行而憫其情咸賦爲終慕堂詩以寫其事而慰其心不浹旬積成卷軸余雖不敏敬書此以冠其簡端亦以見安和之於家國君親臣子忠孝之

道克並行而不相悖其於為人可謂遠也已矣而他日斯人斯堂之名又安知其不與老萊王祥蔡順之徒並稱於後世而俱垂於無窮者乎是宜序以為太史氏之徵云

飛練詩序

天地始分二氣化生萬物並育人為最靈草木之無情也而松柏以為宇桑麻以為衣穀粟蔬果以為食於人而有資也鳥獸之異類也而牛畊馬馳雞司晨犬司夜

於人而有關也是則草木鳥獸無情異類於人之日用有資而有關若是又豈可以輕視而暴殄之哉況夫犬之為物其性之賦其用之資初不可以槩他獸論也何則嘗聞有於公庭應聲而進雖嗾之弗當而從命敢決其勇可取也又聞有為主傳書往復千里不罹於患而遂其志其能可取也又聞有隨主荒郊野燒卒至而主醉臥冥昏則以身赴澤濡毛取水以濕草界火主賴免災其智可取也又聞有隨主射獵而主被虎搏則捐生

赴難進嚙退走主獲救免其義可取也其餘著聞載之傳記不可枚舉乃洪武甲戌春有以良犬來進狀貌奇駿迥出羣隊喙若傳丹睛若點漆質鮮白如練尾毛長尺皎若銀絲耳中有毛亦長及五寸望之其形宛然玉雪之獅也於是命畜之而未試其能一日攜之獵于南方之原人馬交馳旗斾飛揚鷹徇並縱是犬固度地量形知非狐兎之所垂耳不發若無能者旣而至於平林陡澗亂莽叢條隱翳蒙羃則知獸之坎穴乃欻然奮起

迅疾如電而莫之及俄而所獲居多將校驚駭咸稱異嘖嘖復至西陽卽鹿於林犬旣獲鹿斃之人馬未至而鹿爲樵夫所奪犬輒染血馳至人馬所掉尾起伏作嗚鳴聲若有訴者乃遣騎從之果見奪者藏林中赧悚歸鹿衆益奇之又獵於鄭郊犬逐一兔將獲老監急縱鷹來擊而犬先獲之監欲爭爲鷹功犬銜兔憤奔直詣馬前以獻若示不讓於鷹者已復令隨鷹逐兔鷹得兔拳擊十餘未斃而幾逃犬輒助獲之旋置鷹前又若示不

要其功者又嘗當獵所有射一狐中其耳未殞投莽中令犬搜逐出之不嚙以俟射復中其髆犬知狐殪舍去不復顧又以示歸功於射也殿下歷覩而深嘉之即名之曰飛練以其白而疾也且命國之獻臣咸賦詩以紀之命奉祠臣是脩序之臣以為犬之為物也其智能勇義聞於前者已如彼而飛練之材能智慧見於今者又如此是可以常犬比之哉已而歎曰世之人賢良者何少奸儉者何多當奉君臨事之際或懈怠而無成物之

效或狂躁而失進退之時或詭隨以要功或嫉能以干譽者比比有焉由是觀之皆飛練之不若也可不戒哉傳有之曰犬馬非其土性不畜飛練為中土所生遇殿下之知而能用旣命以美名而又紀其所異以為奸憸之戒先後以有加始終而無斁其榮幸之至比之騏驥之一顧而價增千倍者又不可以同年而語矣可以人而不如者乎是為序

郡王和本中峰梅花百詠詩後序

詩道之關於世教尚矣其美刺足以正人心其詠歌足以移風俗又推其極至於動天地感鬼神亦固莫詩若也是以有書契以來上自天子王公貴人以及庶民小子莫不代有作者其作而協乎音律合乎體制該乎物理而有補治化者莫不傳於世也乃洪武丁丑秋郡王殿下因儒臣得元釋本中峰所和馮海粟梅花百詠詩一帙繼又有以時人王達善所和百首進其語句態度實與中峰並驅覽畢問侍臣曰百篇同韻若二者之和

果難乎左右咸曰非有充裕之才而精通於詩道者誠不可以易言也越二日召儒臣示以所和百篇流誦未竟莫不驚駭嗟羡以為天資神助迥非舉世所謂能詩者比也於是儲君殿下愛之輒親為之序而本末足徵臣伏觀百篇之和清雅端潔與梅花而相高況其音律體制一出盛唐非惟寵達善而駕中峰方之和靖之章廣平之賦殆不是過又覩儲君首序簡奥蒼古與百篇而交輝且於勸勵期望之情亦兼至矣何其美哉二恵

競爽於一時雙璧聯芳於萬世非周邦之篤祜能有是乎雖然殿下妙齡若此以穎悟之姿篤純明之學咨詢稽古惟日孜孜是宜其夙有成而大異於衆也由兹而往必將窮神知化以全其體開物成務以達其用和順積中英華發外播而爲黄鍾大雅之音鏗然鳴國家之盛繼美乎周召追跡乎隂平以有光於皇祖之明訓則百篇之詠其日新之權輿乎奉祠周是脩謹序

送周繼吾節推歸上城詩序

吉之書臺西南幾二百里爲上城是邑形勝之甲也其山從東北最高曰武功者延袤而來往往層巒疊嶂崔嵬崷崒凌逼霄漢卽霄漢之表播而爲千峰萬壑望之如波濤洶湧繇雲中而降至上城則展而爲高平之原分兩陵宛轉抱原之左右如城郭然地故以名其水則清泉百道湍激溜瀉合而爲兩溪隨兩陵盤廻而出會于原之陽爲大川以東原之上則嘉禾脩篁蔥蒨芊欝民之匝原以居者蟻聚蜂屯不啻千有餘室其著姓之

若劉若周者皆衣冠詩禮代不乏偉人焉謂非上城山水儲英毓秀有以致其然者余弗踐也周氏之彦曰繼吾穎敏魁岸少篤學能文章事其親以孝聞而卓犖不羈慕南衡五峰嶽麓之勝嘗徑造焉而衡縣之士如繼吾甚不多見於是縣之子弟從繼吾游者接踵而至不期年薰其德而有成者蓋比比焉縣尹王公悅重之而不敢私也以奇才異等貢送於朝天官諗其容止端莊禮節閑習特授儀禮司序班進退岩廊謙約忠慎歷歷

有賢能稱乃洪武二十八年病浙東州閭政務煩劇刑獄離湯將擇朝士之習憲者共平理之而僉以繼吾爲舉遂有金華府推之命下車之初撫孤貧擿奸伏枉者以直苦者以樂政聲隆洽洋溢乎四境既而考績赴京聖天子知其然將待以不次之擢而繼吾懇懇以母老乞歸養爲請朝廷以其孝而憫之情許之行且有期其姻友陳文奎氏求前進士仲隆江先生首爲詩以美之而京之士君子喜聞而樂道者亦莫不歌詠以紹之無

何積成卷軸乃以余爲同郡屬序其簡首且謂繼吾之於家國君親臣子忠孝之道克並行而不悖者已如是之可尚也他日遂人子之心則當復出而鳴天朝之盛其規模設施又安知其不遠有勝於昔之政而大有異於人者哉而亦有取於文奎氏之能成人之美而繼吾必有以導之也是爲序

送熊以淵之蕭山二尹詩序

士之所以爲學脩己治人之道而已矣誠知斯道不明

之不足以爲士能兢兢然而憂慄慄然而懼繼而孜孜然閔閔然夙興夜寐弗遑寧處以切問近思日就月將不底于明不已者固士之賢者也斯道明矣又知夫明之非艱行之爲艱必立身揚名以受知於天子馴而至於有民社之寄則能竭盡已之忠廣推已之恕絜矩允由終始如一屹然而不爲聲色之所揺確然而不爲貨利之所奪使其德昭於上澤傳於下而免乎孟軻氏所謂得人爵棄天爵之譏者乃士之尤賢者也吾見其人

矣其豫章靖安熊以淵氏乎所居里曰桃源山溪之秀葢甲於是邑熊氏以故家文獻世積醇龎演慶發祥綿綿振振益有光于前聞人以淵生而岐嶷幼頴悟初游邑庠習科舉業氣質瑩然超邁流輩年未及冠摛辭建議下筆斐亹動數千百言莫不有經綸之具由是搢紳長者咸器重之洪武甲戌春貢于太學未幾以賢能聞當路輒舉以綜理京衛各司之煩劇葢歷試也而以淵識達治體變通不拘且剛毅果敢於强禦無所畏避見

讒諂容悅之徒疾之如仇以故事無不濟而當路信其為有能今年冬遂有蕭山二尹之命於其行也其姻友廣文張集禧氏首為詩以美之仍率朋游咸賦之屬余為之序因道其志行之詳余知集禧為佳士其許與必不苟也於是而知以淵負不羈之才篤知行之學施諸日用建諸事業於既往者已能如是之可道而可尚也然則其臨於蕭山也獨不能發其所蘊於有為之日斷無媿于所學乎敷政優優體皇上寛厚保民之心也涖

事肅肅守先師諄復垂示之訓也敬老恤貧不驕不傲思佐令於成治之效也舉善閑邪勿忘勿怠務躋民於仁壽之鄉也先之勞之草尚之風必偃也教之戒之刑期於無刑也外寬内明而勤以自勉也上安下和而毕以自牧也是固皆士君子外内之事而亦以淵乎昔所嘗習聞而將必行之者耳雖然誠能不以余言爲贅而益加勵焉則陟遐自邇安知異時不容若卓魯若龔黄者專美於前而與之俱垂於後哉余日望之是爲序

湖上飛雲詩序

天之生此民也其性無不善人之有是性也其理無不同惟其善故孩提之童無不知愛其親惟其同故徹上下貫古今爲人子者無不思其親也然而氣稟或偏人欲所蔽由是而德有厚薄思有淺深爲少異耳即其德之厚而思之深者言之其親之存也思其生之膝下思其鞠育思其顧復思其愛子之心無所不至得不體此以父母之心爲心而盡子之道乎及其歿也思其居處

思其所樂所嗜春雨秋露不能無悽愴怵惕之變著存不忘得不形於夢寐見于羹墻乎故誦詩而廢蓼莪之篇望雲而興親舍之感者人子之心詎不良有以乎番陽程春齡氏雅飭卓犖之士孝友之行聞於人初由邑庠讀書學禮超冠羣輩既而以親老歸養幾十稔有司以其賢舉貢于朝膺天官歷試勤敏謙約當路器之授霍邱丞佐令成治寬猛得宜舉賢才興學校修陂堰課農桑抑惡揚善撫孤恤貧民皆悅而歌之曰偉哉程君

賢且慈愛民如子民愛之使我樂業願無違昔也蹙蹙令怡怡吁嗟程君來何遲吁嗟程君來何遲洪武二十八年考績赴京邑之士女莫不攀卧轅轍旣而有湖湘照磨之命任不輕也君則清濁無失人多德之公退之暇焚香默坐南望匡廬彭蠡晴天蕩蕩白雲孤飛懷其親而不見悠然興感慨然興歎有不能自已者遂顔其公宇之堂曰湖山飛雲寓深思也元年春以朝覲來京師連牀夜雨具道其志之所以然余聞而善之爲求同

官王公尹實篆古四字在京交游士大夫同其志者咸賦詩以美之居無何積成卷軸而請序於余余知程君爲最深其姿質之秀性情之醇行藏用舍安於所遇固不可以好名喜功者同日而語也其望雲思親之念出於良心之所自有初非有以求同於梁公而終無不同者以古今天下忠孝之士其心之故不期於同而隨機發見不能無同故也心旣同矣則凡望雲而思其親者必因梁公之事以爲之效賦其詩者必引梁公之事以爲

之據是豈知程君思親名堂之意哉今所集詩凡若干首清新俊逸者有之雄渾富麗者有之蒼古平淡者有之發揮其本然之善心期望其他日之大用殊途而同歸百慮而一致何聖朝仁人君子之衆多文風詩道之興盛而程君孝心之深至有足以歆動於人者如此也是宜序以爲後之爲人子者勸焉

送同寅尹實王先生詩序

古今天下士固莫不有出處相近任用寵遇相近而心

同道合表裏一致始終不渝以超乎流俗垂于不朽者
若管夷吾之於鮑叔王陽之於貢禹皆是也然求於古
昔旣無代而不有其人求之於今烏可謂寥寥當世乎
同寅四明王公尹實卓犖魁岸士也其風流瀟洒不減
賀季真文華器識究如劉公幹書法氷斯而優入其室
詩體元白而早升其堂與賢士大夫游蓋鮮有不心交
而腹接者宜其名之彰彰于時也洪武乙亥春俱以明
經應郡辟來京師握手歡如平生未幾以同日受官公

則紀善王府余奉周府祠雖別去數千里而雲樹之思無時不在大江東也戊寅秋余幸脱汴難還朝亦有王府紀善之命感激殆不自勝忽覯公於千劍珮間知獲免乎混流而又有同僚之雅其喜慰復有不自勝者矣既而伏謁西邸偕侍講席起居食息惟拳拳以職任之所當言當爲者思同盡其心凡綱常之分禮法之宜於論列之際左倡右和如出一口及退而從容則或相辨明或相規戒或相勉厲或相扶持而余受公之益居多

洪武戊寅二月公乃以祭祖還鄉請之闕下脂車有日矣於是名公鉅卿華其行而贈之以言者已幾盈笥予不工爲文亦拙於詩然與公生同時也學同道也仕同官也至于爲國爲親思所以盡忠盡孝又未嘗不同志也夫時同道同官同而志同者於其別也容可無一言乎因亦爲之歌而述夫契合之不偶然者弁其首庸以致久要不忘之意耳

送劉志衡之官臨海序

聖天子龍飛九五大赦改元登明選公羣策畢舉於是
大而公卿侯伯次而文武百職以及幽人志士有懷經
綸之才抱匡濟之術者莫不以所欲言奔走俯伏而對
揚于天庭焉皇上雖以萬幾有所獻納必經御覽然後
付大臣通議取其言之合宜者定其緩急先後第而行
之以故言路日廣而事無不便者焉丹徒教諭渠陽劉
志衡詣闕條陳致君澤民之切要者十有餘事聖鑒所
臨深見褒納既而陞授天台臨海縣丞宦游親友多賦

爲歌詩以華其行者積成卷軸而請序之嗟乎士君子秉忠貞之性以出而仕也豈有他哉上則感荷於君恩下則憫憐於民命夠逢天子仁明厲精圖治固不忍緘默坐視於可與有爲之日當義之所在乘時勇往以披閶闔而呈琅玕者特將盡已之誠心行吾之直道而已矣初未嘗有一毫物欲之私身計之慮也志衛君子人也好君之至知無不言行藏用舍安于所遇竟以一鳴受知皇上遂而有民社之寄將見其下車於臨海也言

必顧其行行必顧其言發其所蘊以周旋設施未必不大有可觀而遠有異乎人者以無負於朝廷之所付托生民之所倚賴則陟遐自邇升高自卑他日考殊勳膺顯用馳譽於當時流芳於後世者又未必不於志衞氏見之是為序

秋江別意圖詩序

海昌朱惟善孝友忠厚士也洪武末有司高其行義以人才舉貢天官試各部事奉命驅馳歷布政司十三之

九皆以勤慎周密宏濟多艱無不慊當路意於是中外綽有能名建文初皇上擴仁孝之心凡士繇徵起至京未授職而親老于家者咸勅記名還養於是惟善得請東歸朋游君子有以秋江别意圖爲贈者揖余而請題余披圖覽槩則青山迢迢白水浩浩寒蘆高樹隱約乎平沙極浦危磯峻阪間有舟去岸纔邇咫尺一人操篙挺舟甚力舟中一人與岸立者二人遥揖長頭如相語而期斯時也行者止者其傍徨眷戀不忍捨去之意爲何

如哉然以予觀之此特朋友爲别臨岐繾綣可以摹寫其彷彿者如此獨未如惟善當時别去之意有至切者在焉方其出應時需而仕則所思者親也所慕者君也今則有命自天得遂終養恩賜之厚孰加於此又安可昧耶故當其辭朝而出於郊關之外也回顧神京五雲縹緲想龍顏之肅穆懷聖德之寛洪愛君戀闕之情溢乎中曲依依而不能已者又豈圖畫之所能形容其萬一哉雖然惟善蒙君上之恩愜養親之志出則將爲

忠臣焉處則爲孝子焉忠孝之道乎昔非得良師友更相切磨更相勉厲講之明聞之之熟學之之篤而守之之慤又烏能表裏一致始終不移期果無媿於古之君子哉是則朋友爲五常之一而有功於惟善亦不細矣又可於别去之際惟君親之是念而或遺交游之直諒而多聞者乎是圖之爲惟善贈者其意亦固有在比之蘇子卿之詩江文通之賦又豈有過於此哉惟善其尚諗之以無負朋游托物寓意之勤焉則此圖爲不徒

贈而當時士夫因之而詠歌者爲不徒作矣是爲序

送嘉會劉二尹之武進序

聖天子新承大統厲精圖治登崇俊良廣開言路改元初內而公卿百職事外而侯牧羣有司以及志士幽人有懷經濟之術者莫不攄其所藴而自獻於明庭焉吾友壽陽司訓劉君嘉會卓犖凝重淹經貫史爲文章如波瀾浩瀚騰沸百川千態萬貌變化不可窺測其歸一本於理科舉之業其緒餘耳自結髮以來表表有聲江

比右居壽庠五載薰其德而有成者無間遐邇讀書至
慮善以動動惟厥時輟而三歎謂弟子曰士君子立天
地間出處語默豈有他哉惟視義之所在時之可否而
已其或義在而時有未宜時宜而義有不在君子固不
肯强出而有語也況時也義也皆未之可肯輕舉而爭
鳴乎若時旣宜矣義亦在矣又安忍坐視緘默以負其
上哉今天子仁明宵旰若此容可無一言以副聖心之
虛竚乎遂以濟時保民善治之所當先者條建八事詣

闕以聞天子嘉納報可下主執大夫議以不次之擢常之武進岩邑也其民稠其賦夥擇守令之勝其任者率難其人得嘉會輒陞以佐是邑非曰盡其才姑以寄一方之民社觀其所以而爲行遠升高之漸既而壽之弟子知承師問道其模範無如嘉會懇奏願留者相繼而至業朝堂銜論已定不復得請然則嘉會是行而涖武進也有數矣又何有於屑屑去就而有不懌然者哉惟當以其所學施而爲和風甘雨之政以甦枯沃朽使四

境之內無一夫之不得其所無一物之不遂其生上有以裨皇上用賢思治之盛心下不負朋游許與期望之深意況得前試御史方侯用中以爲之長前廣文朱君仲安以判其簿又得國子生高君翔以領幕職皆忠貞雅德士也二三君子同寅協恭夙興夜寐以更相勉厲更相規戒更相扶持豈不政平訟理而遠有異於人者哉他日功成譽顯流芳竹帛追卓魯而齊驅使吾郡之人皆曰安成侯之後何簪纓詩禮綿延炳朗以不媿於

先而益啓於後者如是豈不誠可尚哉豈不誠可尚哉是爲序

送國子生殷誥歸壽州侍親序

壽陽殷國子誥爲成均之彦洪武戊寅夏五月謁余西邸而言曰誥蒙國恩得請還養行在旦夕先生其有以教之乎余時雅興在竹因爲寫淮壖春雨圖而語之曰竹之爲物其體則一其用無方固草木中之至材而至美者也觀其春雨旣濡土膏融暖新笋森森動暄風而

烜晴日暢達以成林君子之心豈不有以感夫父母之德本同於天地生育長養之仁而暢然興其篤孝之心思冬温夏凊昏定晨省如斯竹之昂霄布葉而交蔭於其本乎觀其秋霜既降百穀登升而羣卉具腓竹則凝蒼積翠聞梅友松以凌傲氷雪君子之心豈不有以見夫君臣之義本同於天地尊卑上下之分而凛然發其竭忠之念思奔走先後疏附禦侮臨大節而不奪如斯竹之剛姿勵操不改於歲寒之後乎夫君子之進而事

君於廟堂之高也固未能少忘於其親其歸而事親於江湖之遠也又未能不慕於其君是豈非臣子之心之所素有古今之所不謀而同者乎誥也既不能忘其親薄謝榮利懇辭以乞養如是矣吾知誥之他日復出而報効於國也其能執中仗正扶綱振紀而夷險一節以成功而垂譽必矣然則視斯竹爲無媿而余之言爲不徒已尚勗之哉予之師理用黄廣文吾心友也歸其以是質之必有以教子余何贅焉是爲序

沙湖蕭氏族譜序

春秋左氏傳曰天子建德因生以賜姓胙土而命之氏諸侯以字爲謚因以爲族官有世功則有官族邑亦如之此氏族之始也蕭氏出宋微子之後支孫封於蕭因邑命氏歷周秦罔聞者至漢相國何封酇侯始著青史由是而降綿綿炳炳代有偉人迄齊梁而貴顯極矣其子孫之樹豐功而揚盛烈者不可勝紀迨唐而益熾有太子太傅同三品封宋國公若瑀者有自嵩至遘八葉

宰相名德相望與唐與衰曠古所稀有者有舉進士對策第一時稱夫子而謚文元若顥士者有以政事為御史與彭齊楊丕稱為江西三瑞若定基者皆其尤也其後有散居吉之諸邑多為右姓其泰和高行鄉諸蕭其先諱昶五代末為廵察判官避馬希聲亂兄弟五人自湖南徙來是鄉之禾溪里因家焉四世至孫迅以文學預鄉薦仕筠州推官曰廸仕國子監主簿曰迴曰選俱以才德知名當路數世至睿字尚德縣禾溪徙大水爰

宅沙湖之上沙湖有蕭自尚德始旣而分枝布葉碩大蕃衍有以豐資厚産巨擘邑里者有敦性樂道而潛德弗耀者有輕財好施宗戚雍睦鄉稱善人者又不可枚舉也十二傳有宋景定二年以文行貢于春官而領清秩若德升者再傳有以廸功郎致仕若濟者有爲國子上舍名登仕版者又三傳至子正貞良倜儻克亢其宗公私綜理之暇拳拳以家譜之脩爲務玫自宣和二年左丞王公黼首爲之䟦迄今繼而述者未有其人乃求

得前進士彭晉爲之序又得先輩子芳謝先生海桑陳先生迭相發揮而本末之詳可徵矣然猶未以爲足今年秋以納賦來京師余時備員王宮留居西邸子正持其家譜之别録併詩文一卷以序爲余請余觀卷中作者衆矣意若無餘藴矣何假余言之贅哉雖然以子正培本淑後之心若是其篤又安得無一言以副其盛心哉且余嘗讀老泉蘇氏族譜而知仁人之用心矣其引有曰情見于親親見于服服始于衰而至于緦麻而至

于無服服盡則親盡親盡則情盡情盡則喜不慶憂不弔喜不慶憂不弔則塗人也吾所與相視如塗人者其初兄弟也兄弟其初一人之身也悲夫一人之身分而至於塗人此吾譜之所以作也又曰嗚呼觀吾之譜者孝悌之心殆可以油然而生矣一篇之中兩致其意焉余每輟書而歎曰甚矣人之不可以不厚其本欲厚其本者不可以不修其譜也今蕭氏得子正爲能心老泉之心而繼修其家譜使數百年之上本支源流秩然而

可儀槩然而可述固無媿於其先矣數百年之下又必有賢子孫心子正之心繼而修之所無媿於子正矣然則蕭氏由漢唐以來簪纓詩禮之福澤可謂極盛而至遠茂以尚矣而其子子孫孫繩繩蟄蟄方殷而未艾世修其德而紹其業若子正者其祚胙焉有不昌者乎古人云公侯子孫必復其始吾以是爲蕭氏望之是爲序

贈名醫劉友謙序

余蚤歲嘗讀柳宗元宋清傳意謂善矣而未之大可也

後二十年游覽半宇内觀世之醫嗚者凡以疾來候不三反而不至欲重其術也藏一藥非倍價不售欲豐其利也孜孜焉惟能之是矜貨之是殖其能以濟人爲急而候之輒行求之輒與者幾何而見其人乎然後知宋清爲人之信奇而宗元之傳爲世勸者其意固有在也又十年餘余備員周藩得吾友醫正京口張君士倫存心仁恕抱專門之術日汲汲以濟人爲務不衒能不矜名不盡計其利德之養於中施於外感而譽之者畧無

間言余以是而知數百載之下如宋清者未嘗果無其人也又五年余改官京師又得劉友謙氏於中書劉公彦銘焉公謂余曰友謙金陵人也世業醫隱居郡之龍渡里地位與塏門逕縈廻其先德後利之心實與士倫而彷彿又知若宋清之流者天下不止於一也公又謂余曰友謙嘗寓鳳陽蜀王聞其賢請於朝欲補爲良醫正皇上知其人之不易得也弗遺留之太醫院俾行其道以濟京民之夭折資仁治焉大用葢有日矣今年春

與余遇於京之公居一語昭合究如故交一日復與會於大中街之藥室談及兒曹遘疾危殆友謙惻然不待余請與否也輒命駕促余俱歸切其脉則曰幾不及矣尚賴一線之可活耳亟以方寸匕投之旣又察之則曰無慮矣不數劑而以瘳長揖别去於金帛之報邈然不之屑也强之而曰吾聞疾殆不待名而自來視者顧以人之一息奄奄欲絶其救之之機可否遲速在于頃刻吾不忍少遲而失乎可救之機故汲汲奔走嘗不覺其

然而然今而言報吾心豈爲利有若是之急哉卒郤不受余聞而異之曰友謙其賢乎哉夫禹治洪水而思天下有溺者猶已溺之也后稷教民稼穡而思天下有飢者猶已飢之也伊尹任政而思匹夫匹婦有不與被堯舜之澤者若已推而納之溝中聖賢之心固不以時世之先後而有異也今友謙視天下之有疾者汲汲思濟若是其急原其心德之良非徒使士倫不得專美於當令亦將使宋清不得專美於前代矣非徒使宋清不得

專美於前代參之禹稷伊尹之心亦將無不同矣古人良相良醫之喻寧不信哉雖然友謙不屑金幣之報而家亦不乏者誠有若宋清矣天之報宋清者非獨于其子孫使柳子之一傳不朽于萬世不可謂不厚矣自今以往又安知天不有厚於報宋清者報友謙乎友謙其尚引之可也中書公作而笑且請書此以爲友謙道且謝焉是爲序

送宋司訓萬鍾之官海門序

天下之山發乎西極播乎兩間爲五嶽爲四鎮爲峨岷太行爲叢峰爲疊嶂爲長陵爲大阜鍾奇獻秀蔚乎其可觀是山體之正而得其常者然也及其爲羊腸爲複棧爲懸崖爲絶谷崎嶇屼嶫嶢乎其可畏是山體之變而不得其常者然也天下之水亦然源乎崑崙演乎寰宇爲五湖爲四海爲江河淮濟爲脩渠爲廣川爲深淵爲澄溪瀰漫瀲灩湛乎其可悅是水體之正而得其平者然也及其爲飛瀧爲激溜爲奔灘爲怒峽咆哮衝決

洶乎其可懼是水體之變而不得其平者然也雖然山水隨地之夷險而爲之正變變而正正而變變而復正不一也而山水之爲山水固自若終不以是而有所損益輕重也人之處於世也亦然士君子生於華夏出於名門秉聰敏之姿得淵源之學其才優其德盛起而用於時爲循吏爲良輔爲抗直爲忠勇義烈立紀陳綱繼往開來秩乎其可宗是君子之道之得行而通者然也及其爲遺逸爲沈滯爲困阨爲卑屈懐瑜握瑾默守幽

遐娩乎爲志士之所嗟惜是君子之道之未達而塞者然也雖然君子之道隨命之屯亨而爲之通塞塞而通通而塞塞而復通不一也而君子之爲君子固自若亦終不以是而損益輕重也契斯旨者其惟同邑宋萬鍾氏乎萬鍾由成童補邑庠弟子員旣而擬巍科躋膴仕爲監察御史立朝端謹風節凛然未幾以事免歸葛巾野服晏如也天子嗣位之明年旁求俊乂列于庶位邑大夫復以明經行修强起而上之天官領揚州海門學

博交游士夫莫不以其位之不當其材而憫其志之不得大展萬鍾之心則怡然自如於得失憂喜略無纖芥之動于中而形于辭色者余益知萬鍾之未止於是也況其春秋之富豈非天之愛之使之涵養造就優游厭飫於仁義道德之歸禮樂刑政之本俟其至於强壯服政之年方使之大發其藴又何晚乎余哂夫交游者之感輒因贈行詩序而引夫夷險正變之於山水以喻夫屯亨通塞之於君子而不與焉之意以解之是為序

待休樓詩序

居而有樓者無非取其高朗清迥可以延眺望覽溪山納風月而適性情於世塵之表也唐白樂天晚退東都履道里放意文酒疏流種樹構石樓日與賓友相娛其中以是而已宋王元之守黄州擇于城西北隅起竹樓日領夫幽閬遼敻之趣亦以是而已舉非若齊雲落星井幹麗譙之跨雄鬭靡也廬陵之西六十里有勝境曰中洲南唐駙馬都尉劉公希之裔世居之至今益蕃以

大其傑然者池陽太守美岡洪武中遇知高廟持節廣海便道還鄉而其冢嗣集大嘗拓居之後作樓三間盼陽負陰映帶溪壑煙雲竹樹魚鳥田園之態交乎其外筆牀茶竈琴書圖畫之雅備乎其内直與樂天東都元之黄州之構不容以優劣議也太守公停驂弭節覽其勝而悦之曰斯樓待吾歸休以怡老於是矣因名曰待休同邑雲窩趙先生首爲之記而本末可徵既而四方名士君子聞太守之風者莫不形於咏歌往往篇章閒

作送出居無何星移物故太守公遽厭浮榮盍焉仙逝五馬不復南矣而集大之繼志述事與夫樓中之清氛勝槩固有加而無替焉集大篤孝人也朝而登斯樓觀待休之篇暮而登斯樓思待休之義能無慟於其親乎待休之所在即親之所在春雨秋露著存不忘羮墻之見庸有已乎今年夏四月集大以貢賦來京師持待休之卷屬余序之余與太守公有忘年之契且知集大有用世之才異日出應時需功成譽顯優游進退而遂懸

車之請則斯樓之待休不于其親必于其身不但於其身又將于其子于其孫于其雲仍於奕世矣是爲序

送表姪鄉貢進士王伯翬之官廣東序

王氏世居西昌楓林里其先宋洪州司理與吾先潭州主簿公爲姻家司理之後不四三傳而業益以大族益以廣分處乎是邑之間者數千指而多以詩禮立門戶國初三十年耆艾相次物故于時譽髦有若吾友兄致先弟敬先俱以明經舉授學官有若奉先承先希先及

九成隱君二子起予德予旹衣冠文物彬彬楚楚為四方子弟矜式其尤彥若子復并其姪孚先子伯暈並以科第之學儼儼有聲江鄉後先較藝秋闈以洪武庚辰同領鄉薦諳春官朋游識者莫不奇其氣高其文而謂穿楊葉於百步折桂枝於九霄殆其餘事耳既而目迷五色止中乙榜士林惜之於是子復有廣東化州學正之命伯暈亦授德慶州學官行且有期謁余言以為辭余以王氏之嗣遭際明辰而一門簪笏輝映若此不既

盛歟今子復伯羣以祖孫齊賢領鄉薦同諧春官同授學職同而㳺宦於廣海南行之道又同不亦美歟若伯羣者惟當仰體皇上樂育作興之意俛焉孜孜以盡其力期無愧於名教可也彼不顧其行而專以利鈍崇卑屑屑爲計者可得謂之達乎矧王氏之仕於官者皆茂齡英發安知非天將老其才使行遠自邇積小以高大異日陟華躋膴而遠有過於人者哉處於家者皆聰敏俊秀安知非天祐於王氏若綿綿之瓜瓞愈延而愈蕃

異日掇巍科膺顯擢而又大有光於前者哉然則伯暈其臨於德慶也朝思夕思而必以敬勝乎怠日新又新而勿以豫浮乎謙必將極乎己之昭昭者而後使人昭昭篤乎己之慥慥而後使人慥慥誠如是則吾言之可徵也亦必矣夫何疑哉是爲序

送朱又新之崇仁序

皇帝即位改元當持守盈成之初厲志文治立賢無方凡多士之樂育於辟雍者勑祭酒官遴拔其尤親試殿

庭第其等差而寄以民社急先務也河南朱又新首中高第而有撫州崇仁之命撫爲江右名郡崇仁則撫之大縣人物蕃膴風俗淳龎宗人府經歷黄公子中邑人也又新發勑戒嚴謁公廨宇而咨詢其利病焉公覩又新偉然其儀表温然其辭氣而介然其操行喜曰崇仁向得大尹時候判簿張君皆方正恭勤民樂其化今復得賢貳尹若又新二三君子同心同德以康庶事焉有不濟者乎吾父母之邦慶幸至矣率朝之名士大夫咸

爲詩以華其行屬余叙其首簡嗟乎賢者國之器也器用利則用力少而就效衆誠哉古今之言乎令一邑得賢守令則一邑不勞而治矣天下得賢守令則天下不勞而治矣欲斯民之安其田里而無歎息愁恨之聲不擇賢守令不可得也皇上憫民生之艱以得守令爲先務又新當盛壯之歲膺御試之榮而蒙不次之擢可不知所自貴乎知所自貴則能以皇上之心爲心而無負黄公之所喜也必矣況其資禀之良學力精到於脩已

治人之要得之爲有素乎傳曰行遠自邇升高自卑以又新之器豈久淹於崇仁乎是爲序

湖天遠思詩序

廬陵遡流而上百餘里曰郎湖華蓋之峰禾川之水掩映乎其北金原之徑禮門之山連絡乎其南白沙翠竹之墟梁潭蘭村之勝綢繆乎其東左控釣臺右捍石笋望其雲蒸霧滃翬蜚鱗次隱隱約約於湖天之間者二三著姓之喬木世居也鄧氏之彦曰道龍質秀而志廣

才優而行方與余交二十年如一日每過舉子岡開寫經軒商確文字評論古今人物之暇復相與歷洗硯池憩湧翠山亭吟風詠月更倡迭和悠然而共適洪武甲戌冬以余徵辟至京而有周府祠官之命旣而道龍亦以薦領河清縣幕職東西脩阻音問不接者四三載戊寅九月余由汴還朝改衡府紀善留京邸明年而道龍亦歸輦下因得聚首都城交罄别來之衷曲噫固皆有可感者矣居無何道龍以前資政佐湖廣光化縣事

乃請於余曰人之所以不能忘者莫親若也今也宦游日久慈親在堂南望湖天一碧飛雲迢遞定省之莫致温凊之既違不能無昔人顧瞻徘徊之慨故將即廨宇之軒名之曰湖天遠思以寓余念親不忘之意先生其有以發之乎余曰善哉子之顔其軒也夫仁人孝子之於親頃刻跬步而不能忘況違之累日于數十里之外而有不思者乎違之累日於數十里之外不能不思況違之累月於數百里之外有不思者乎違之累月於數

百里之外固不能不思又况違之累歲於數千里之外者乎違之之益遠思之之益深宜是軒之所以名而士君子詠歌之所由作也於是見道龍之於親其孝之異於人者良足稱矣移以事君其忠之異於人者寧不亦可書乎然則是行而益光化也固當以忠孝之心施爲德禮之政處同寅以謙撫百姓以仁待羣吏以正使事當物宜家給人足廉能之譽翔洽於朝端因流聲於湖上縣此受知聖皇而膺不次之顯擢慰安慈母而益眉

壽之繁祺非兼盡臣子之道者能有是乎是宜序以爲將來勸

積善堂詩序

余讀前翰林解君積善堂記暨賢士大夫所謂詠歌之詩而知西昌横塘吳氏慶源之遠吳氏由虔刺史相迄今二十餘世居横塘宗族蕃衍不下數千百指有豐於資産而以好施爲心者有儋於爵禄而以種德爲務者有俊傑而能文以載道者有恬退而養高以厲操者弗

彈紀也與余交曰士賢者秉性剛毅負才穎敏遊四方多取知於大人君子故其聞也廣其見也超人皆信其有識之士道而評之者如出一口歸則端居自適參會衆理因思其先世累葉湻龎肆其本固末茂承承繼繼以有今日善之積於旣往者爲不薄矣爲子孫者又可不人人以善自勉期不負於厥先則善之積於方來者容可以不厚乎斯堂之所由名也吳氏之善積之而無已宜士賢念之而不忘揭之以名堂其佑啓之意深矣

解君安得不取之而諄諄爲之記賢士大夫又安得不喜聞樂道而彰彰於詠歌之音乎然則斯堂也斯善也斯記若詩也即士賢之心與爲士賢之後將並傳於悠久其所謂衮衮而生者無足異矣易曰積善之家必有餘慶吾於横塘吴氏徵之且書此以爲積善堂詩文序

吴氏族譜序

余還朝之明年同邑横塘吴士賢氏來游京師持其所修家譜訪余西邸而請叙再辭不獲即其譜而考之吴

氏之在橫塘者其先出於處州刺史相始居文江之蟠溪洞季子曰守者官至常侍十二傳至紹興省元首善先氏歷彥高子季古由沙溪杳一岡而遷橫塘橫塘有吳自季古始五傳至光允公生五子從善從謙從吉從興從正而家益以殷族益以蕃從吉字叔文二子南山夢雷俱文學淵粹夢雷字震翁生宗大宗立富而好禮宗大字德元三傳至士賢世以豐厚詩禮名家君子謂士賢志剛才敏念厥祖而不忘受福之所自顏其堂曰

積善寓永勸也又能力學不怠式光先業觀其不以聲利為急而拳拳於族譜之是務其不怠不忘之實卽此而足徵矣嗚呼古者黄帝氏立因生以賜姓胙之土而命之氏故天下之得姓受氏莫非軒轅之子孫也周姬姓武王時泰伯之後封於吳其後因國以為姓有若季札之賢為吾夫子之尊慕及宗國不祀其本支之散處海内者不少也至長沙王芮德業著于史册大司馬廣平侯漢以元勲圖形雲臺自時厥後植圭儋爵遠宗元

而逾顯者不可勝紀然莫非大伯之子孫也虔刺史之
先則本出於長沙之派至今二十四傳綿綿蟄蟄蔓延
於兹里者又莫非刺史之裔也夫以吳氏之盛而慶源
之遠如此逹老泉蘇氏之旨者譜可以不修乎況嘗聞
之虞文靖公云有祖之廟者父之親無不在焉有父之
廟者昆弟之親無不在焉宗法不立則祭法不明然而
後世譜牒聯屬親親者猶古宗法之遺意譜固不可以
不修也宜士賢之拳拳旣能修譜而承其祖考之志復

欲叙譜而汲汲以余爲請可謂賢也已矣數百載之下其子孫孫子代有能以士賢之心務士賢之務者則吴氏之譜將愈遠而愈彰使同源分流雖千萬之廣得有所稽而免乎蘇氏途人之嘆不亦賢乎又當知士賢積善名堂之義人人而體之世世而篤之則吴氏之善日新月盛以無負於士賢承先啓後之深意而杜氏所謂衮衮生公侯者必復其始矣是宜叙以爲吴之後之勉且望焉

送劉季麗辭學官歸廬陵叙

士君子之立於天下也幼學壯行小則施德於鄉邑大則宏化於邦家以致君以澤民垂芳名於竹帛千載而不渝者固其宜也不幸而不遇明時遭聖主言焉而不合道焉而不行則不得已而有去歸之思豈其宜哉方今海宇隆平聖天子在上羣策畢舉野無遺逸正士君子致身行道揚名顯親日也而吾同郡劉君季麗有司以明經舉詣天官壯而行之誠其時矣而懇懇以歸田

為請豈無說乎夫季麗為廬陵著姓詩禮簪纓世不替門戶先府君慕陶處士養德不樂仕進以壽終伯兄孟亶以岳陽丞殁於任仲兄叔玷用知已者薦授辰州沅陵令其猶子田人初筮仕醴陵學官季麗又不能免於郡縣之交辟而有是行何劉氏詩書之澤承承繼繼雖然季麗之志則固有在焉吾知其以為一門之内盡處而不仕也則誰與輔天子而康羣黎乎盡仕而不處也則誰與守宗祧而肅家政乎是以決於勇退使吾兄若

姪之仕於時者無内顧之虞而奉先主祀之存於家者有不匱之托聖天子知其如此允天官之奏而季麗之請遂焉可謂不負其府君慕陶之高矣於其歸也周子灑酒話别而贈之以言曰予之進退於國家君親之義誠各得其道矣而士君子之立於天下又未宜止於是而已也必也即雲林之暇窮經博史以講乎道德之原明乎禮義之歸而考乎政治之要俟至乎强仕之年出而鳴國家之盛則所以經綸設施直可謂流於旣溢之

餘發於持滿之末者矣老子曰大器晚成吾將見季麗之大有過於人者而益信是爲叙

贈御史王伯静叙

古今天下士葢嘗不貴於名浮其實而貴於實浮其名者何也以其能力學爲已時止時行唯義所在而無毫髪務外之私以之而省於身内不疚也以之驗於家無間言也以之訊於鄉於邑於國於天下無一議之或矛盾焉者是豈不爲君子之所貴哉吾見其人矣其唯御

史金華王公伯靜氏乎公秉賦仁厚而操履不羣當其
遵養時晦隱德弗耀而凡修之於身施之於家推之於
鄉於邑者出一善言爲一善事莫非可以化民成俗者
然其心退然不求知於當路宜其端居適性如良材美
璞日滋長於煙霞雨露之間而足以爲今日明廷棟梁
瑚璉之資也始公之徵詣公車也容貌之蒼古威儀之
遲重言論之慷慨氣宇之宏深當稠人中雖接一詞已
知公之爲國令器也既而首進所著忠孝一書受知皇

上領烏府之任鐵冠象簡屹然於丹陛之下不動聲色而奸諛爲之膽落臺閣爲之風生而後知公果爲國器而不負朝廷耳目之寄也然則向之施於家推於鄉於邑者今又顯於國而及於天下矣何其偉哉而公方拳拳汲汲本仁祖義匡君救民知無不言言無不盡濟時爲國之心不忘於夢寐凡夜之所思旦必以入告不爲汲黯之戇無慚魏徵之忠是皆公之天性然也夫豈區區趨時自好者之可同日而語哉余素喜近老成人又

樂交忠貞士嘗過從館下因得鄉先生汪潤之所傳實讀之繼以朝之名卿鉅公所述雄文連編而累牘其所以紀公之德業出處者詳矣然余自以為知不在時賢下又不能申之一言以補其未至焉乃既為之序又從而為之歌曰緊鸞鳳之間世兮爛九章而成文始縹縹乎大皇之埜兮今來儀乎朝廷銜靈圖而獻君門兮為國之楨托梧桐以夕止兮向朝陽而時鳴既覽德而不失兮頋諧音乎韶鈞庶感孚乎天人兮垂慶譽於千春

歌未竟有客掀髯擊節而和於列曰彼首之皓兮大器晩成彼心之丹兮爲國爲民與時顯晦兮孔哲而明夙興夜寐兮激濁揚清抱仁履義兮思以濟乎羣生溥驄馬之著望兮鄙蒼鷹之得名宜鸞鳳之托物兮比興爲精尚疊疊而日修兮祈有光於永齡和旣已余莞爾而作客請并其歌書於叙之左方以爲公之美且勸云時洪武庚辰十月十五日也

送劉司訓公正之官新淦叙

同邑劉公正氏年踰六袠性澹不樂仕進郡縣以經明行脩書幣交辟皆固辭不就而竟爲新淦賢大夫之所强起爲諸弟子員矜式以例貢天官偕廷試經義論策者二十餘人而公正與其宗彥曰仲珩並中首選謂非名門家學淵源所自流於旣溢之餘者能若是乎旣而領命南還需一言以爲贈於戲余弱冠時嘗侍公正令先君子海春先生於蔣陵之書舍先生言清而貌偉蒼顏白髮照耀樽俎間其襟期態度則宜於古人中求

之耳别幾何時而先生抱隱德以物故容儀風采使人旦旦不忘形於夢寐迨今二十餘年復得與公正會同京師而蒼顔白髮亦不減於令先君子矣吁亦可感矣雖然人生斯世如春蘭秋菊也亨榮悴各有其時公正以老練之才而仲珩以英茂之學同見用於聖朝公正每曰余老矣而且素無宦情或怠於其職必也孜孜益壯以竭忠効誠唯知慕君作人之爲分内事則信乎大器之晚成矣仲珩每曰子尚少而且位不稱其才或抑

於其志必也閔閔進脩以開物成務唯知希賢希聖之為所當先俾學與年並進名與業俱新則信乎積小以高大矣余以公正仲衎齒異而道同同為時而出聯名廷試而共領清職亦可謂劉氏之二妙矣輒因其行而并勉以自愛庶幾為他日三錫之基云

送劉司訓仲衎之官石城序

泰和之北四十里禾溪之流出焉溪之北重岡疊阜窮林曠原四民之相聚以居者駢門接屋其中族姓則皆

莫劉氏若也劉之彦曰仲珩穎敏不羣夙聞庭訓而又質之師講之友甫弱齡而經史淹貫於是郡縣之辟交至以親年耆艾固辭久之旣而贛石城之賢尹以學官之員人材放失知仲珩名且以陳君孟潔之薦書幣之來禮意之厚使命之堅俱有不可卻者乃以洪武庚辰春偕其宗老曰公正同貢於天官曆廷試本經義論策而俱中高第自非家學淵源才力優裕者能有是哉之官有期以余爲同邑且嘗與其季父仰霄先生有忘年

之契謁言以為别余曰士君子立身名教若仲衎者固當披閶闔呈琅玕以自結主知大展其抱負其孰曰不宜今也從容退遜不得已而遠違膝下則又恬就清職於石城者豈不以石城去鄉不數百里順流之便音問相通而時或得覲省之怳乎然則仲衎於忠孝之道為能兩全矣至於正己以正人篤志而不倦涵養造就於九載樂育之間譬之松栢必足其尺度然後應時需而柱明堂棟大厦傑然有補於天朝倬然有耀於後世又

安知非仲珩之初心乎仲珩笑而不言因書以爲贈使覽者知仲珩之未止於是

松莊詩文序

余嘗佐戎清朔圍策驪黄擁旌旄以亂於黄河經於牧野歷於邯鄲涉滹沱而向幽薊度居庸關出古長城抵開平舊元都追蹟可温海轉黑山越集寧而駐於大同焉大同秦漢雲中大郡也其地北瀕大漠西界黑水東接遼陽南控恒嶽其風氣早寒而不至於極其土平曠

宜黍粟其山盤廻其水縈帶其人丰偉剛勁其俗醇朴由五代趙宋以來久已棄之邊鄙我天朝混而一之復内地余留止旬有餘日登高臨覽弔古興懷悠然慷慨而思得幽人逸士以備詢疇昔英雄成敗蓋邈乎其無有意獨以此爲不中輩若也洪武辛巳余備員衡府官居京師邑友楊君士奇嘗客荆湘間交游契合者多奇傑士一日持卷謁余曰吾友張從善氏名登雲中人侍其親於武昌戎伍中好學而有文惇德而厲行明於周

程朱張之旨於古今事尤博通性至孝友其雲中故居有松一株爲其先大父之手植蓊鬱暢茂因名所居曰松莊從善常思歸而未得也又揭而顏所寓此則士友所爲詠歌之詩文若干首幸爲之序以發其永思亦以紓區區久要不忘之心也余甚異士奇之説而嘆之曰離雲中五載於兹矣而始聞有若從善之爲人然後知不可謂其地無幽人逸士而不中華若也殆有之而余未之遇耳以從善之謫戍逆旅其見稱於中州之士夫

者如是又安知端居其里如從善者尚不少哉喜雲中之有人重士奇之敦誼而惜余舊遊之憔能已於言乎曰凡居而以植物名非士之清者不能也植物不以他而唯以松者尤非士之清者不能也夫松也佳木也詠於詩紀於書褋出於傳記百家之編其為美蔭為良材為勁節為永年為人之所愛著述備矣今從善之賢大父乃能手封之而以名其居其為清士可知也從善不遠萬里侍其親於謫所又能不忘祖德而揭顏示思以

致詠歌之多則從善之爲清士又可知也張氏其殆不顯於雲中而將顯於武昌乎吾知若從善之松者舍之則深根固蔕聳壑昂霄凌烟霞傲霜雪亭亭落落而百歲之日自如也用之則將柱明堂棟大厦除風雨去鳥鼠枚枚實實如泰山之安也作舟爲梁以濟大川通大道蕩蕩坦坦而利民益世之功不小也豈若桃李之慶於春榮蓉菊之逞於秋芳而已哉叙之以爲從善勸

送與志彭貳尹還香山叙

杞梓連抱不枉明堂棟大廈不足以効其長材騏驥伏櫪不馳宛洛騁幽并不足以展其逸足君子立學不登台鼎膺方面不足以施其大器此衆人之確言也然君子之自處則又未嘗不樂天知命隨遇而安而不肯戚戚於卑屈汲汲於利達以貽天下後世之譏也若香山貳令與志彭先生其人乎彭氏爲西昌之宦族先生爲彭氏之偉人博通今古志操剛潔所至有氷蘗聲性澹然不樂仕進洪武中當路者薦之高廟至則以親老力

請複歸養所居郭西之月池泉清而土腴宅幽而木茂
謹修篤行不妄交接調饍之暇日與其弟若子以道德
仁義相講明朝焉夕焉游焉息焉晏如也洪武末爲郡
縣交辟强起領五雲邑庠教嚴毅方正及門者率就雅
飭嘗深疾奸弊之爲民患者值皇上繼統龍飛羣策畢
舉首條所以濟時之切要者及釋奠禮樂數事以聞特
被嘉納以行能徵詣公車而委以民社之寄香山在南
海一隅兵民襍處非得有爲有守者未能撫而安之故

有是選人皆以先生未得内除以廣其所施爲不憮又以高年遠征以衝冒氛塧爲至慮而先生則曰新受聖天子明命唯當勉之敬之以不負所任而已身計非所先也乃浩然而涉五千里之修程履險如夷聞之者莫不以爲忠誠之所感也下車之日稽吏牘詢民瘼宣德音弭盜訟有不得擅革者緘奏輒允朞月成治閭閻歌而樂之令年冬以天壽奉藩垣賀表來京師既竣事則以年踰耳順業當謝政慨然有投老之思矣欲拜疏而

致請焉既而爲議者所尼必將竟三年淹戒嚴有期其
通家直史坦行蕭先生會同郡之立於朝者咸作爲詩
文以紓其懷屬余叙其巔末余聞爲邇言曰夫學固不
在於多而唯以見道爲貴仕固不在於顯而唯以稱職
爲美又曰凡爲仕者與其位有餘而德不足必不若位
不足而德有餘也先生既學而見於道既仕而稱其職
豈非位不足而德有餘者乎其不負於聖天子之所倖
而未可以垂老而遽辭也宜矣先生其尚勗之俟當以

課最鳴天官年幾七十則恬然以致仕蒼顏皓首歸休林泉間如洛中之耆英從容文酒以俱臻於上壽未晚也叙之以爲異時徵

孫氏族譜叙

余嘗觀古今天下名門右族顯祖宗者旣刱業垂統於前莫不待於賢子孫者繼志述事於後以傳之無窮也使其有顯祖宗創垂於前而無賢子孫繼述於後則其業其統其志其事終不免於蕩然而無迹矣尚敢望其

著於永久綿綿而不泯哉余所以讀同邑孫子真氏族譜而知其由殷周以來歷二三千年九十餘世衣冠文物至今而不乏不能不爲古今天下名門右族不如孫者深慨也按孫氏出於虞舜之後至成湯時有虞公光者受封諸侯傳十世至遏父爲周陶正武王賴其器用以元女大姬配之生子滿封于陳又十世至公子完奔齊爲工正齊懿仲以女妻之以陳氏自别爲田氏又五世至書字子占以武功齊景公賜姓孫氏食采於樂安

傳二世至曰武事吳王闔閭爲名將著兵法十三篇兵家世宗之武二傳至臏復以將畧顯臏之後十八傳閱秦終漢無不僭禄爵者有曰丹生鍾再傳至權保有江東與魏蜀成鼎峙之盛凡三傳而歸於晉鍾之弟旟傳二世至唐僕射銀青光禄大夫訥以黃巢之亂提兵清江右因定居于吉之白下縣仁義鄉訥之弟詡居贛之寧都七傳至知岳州府君勰重修族譜訥七傳至尚書僕射銀青光禄大夫霸霸之後又十四傳是爲子真之

父仲安仲安孫氏之篤厚者也澹然不慕榮利唯日勗其子以義方之訓子真幼聰敏喜問學孝友稱於宗族四年以一兵曹部智勇來京師不避艱險盡心竭力圖所以安民而奉上者其立志固可嘉矣又能承岳州府君志孜孜以增修宗譜爲務而以叙爲余請焉余考其巔末既美其源流大且遠而宋元之文章鉅公如眉山蘇先生考亭朱夫子臨川揭學士諸先輩品題之重如是其可徵矣而子真乃能俾岳州府君而下二十一世

之本支粲然可考復得當時朝野縉紳及余友蕭君坦行之序先後該括殆無餘藴非子真之明克知善繼善述之爲道以求不媿於前聞人而有補於周裔者又安能得名士大夫之記著如是之甚富也於戲若子真者誠可謂孫氏之賢子孫也矣况當靡鹽之秋夫能篤志効勤如此其所至豈可量哉姑申叙其槩以俟後百年繼子真之志述子真之事者又將即此而得有考焉

怡樂堂詩文叙

韓府長史胡養正氏世為江右禾川之名族其先府君繼文昆弟四人同居雍睦閭里以為稱勸元季兵興烽燹蕩析者畧無寧歲繼文度故址不能復立脫身遠引至長沙古溆西南得鳳山龍潭之勝因止而家焉構室廬拓田圃鑿池種樹為歸隱計伯子養中而養正其仲也九歲而孤母夫人彭氏有賢行雖丁時多艱而教訓不少缺養正資性警敏自知篤志好學以植立門户成童補邑庠弟子員孜孜講貫確然不務外飾師友重之

洪武中領鄉書薦至京師授典閩之南安教養中克力其先業奉親供祀之餘悉送以資其弟且勉以勤職之義養中賴之以有造詣逮既得禄則迎母以就養使再至養中不得已奉母夫人至官以副弟意辭去不閲歲復奔走來閩中載母以歸葢以喜懼交并時也未幾母以高年終人皆以爲養中伯仲誠孝之所致焉養正奔臨柴毁比終喪朝於高廟以材能選特擢齊府長史政尚寛簡中外德之今天子繼統之初齊以不靖廢殲其

憸邪二三君有鄒枚之風者皆以召命還而養正周旋弼難之益居多皇上嘉其忠仍令授齊郡王經於奉天門之東閣余時紀銜府善同事佔畢鉛槧間者朞月洪武辛巳冬郡王以受封就第養正改令職先年春養中幸弟之能以忠節自白於斯時也不遠千里來京師一見懽然不翅魚水之相得寢食是同者無異童丱時靖江殿下聞而義之賜書怡樂堂三字以顔其所居晉府來朝留西邸聞靖江之説名見而甚悦之復賜寶翰俾

寘諸卷端其榮亦至矣于是京之名士大夫咸爲詩文以紀詠之若司成之縉紳鑾坡之英傑鳳池之譽髦東觀之碩儒王門之偉士莫不喜聞而樂道之發爲篇章渢渢乎和平安樂之音以繼夫二賢王好善旌德之美以贊夫養正伯仲怡怡天倫之樂溯乎此而上既累葉而能然矣由乎此而下宜永世而無不然也誠如是則九江之陳浦江之鄭將不得擅名於後先矣堂中之萬子孫尚皆以養正伯仲所以恬樂之心爲心尤當以二

賢王羣鉅公所以發揮期望之心爲心哉是爲序

復朴山書院後序

古之教者家有塾黨有庠術有序國有學其要在於俻人道明人倫正人紀於萬世而不墜也三代而上莫不皆然漢魏而下治不古者聖人教人之法日替月弛西晉雲擾之餘若所謂塾庠序學之設者邈乎其不暇講矣於是閭有高士逸民不爲時用隱居以求其志者憫斯道之無傳乃即及門之徒而啓迪之此石門嶽麓濂

溪白鹿洞書院之所迭作于歷世也若吾邑高安尹嚴公用父朴山書院之建於前元而其從孫國子學正從禮復修之於國初者其亦是之流歟朴山在邑城西嚴氏之居近之院因以名其創始之由歟識之宜地位之勝長育之効與夫七十年來興廢沿革之詳則具見於縉紳海桑先生之記御史子啓王先生之序國録雅言蕭先生之銘直史蕭君用道之頌而發揮之義備矣國子先生没復十七載于兹而冢嗣俊德克紹先志書院

之頟芝蘭時雨之化鄉邑仰之以為儀朝野聞之以為美詠歌溢乎詞林紀著昭乎金石光遠而有耀澤施而無窮者皆彰彰而可稱也今年春得其姻家蕭日高覲省赴京之便謁余序其卷末余幸見天朝學校之制秩然而不媿於古以致政教之脩明禮樂之隆盛士君子莫不知仁義之可宗功利之非尚其薰陶造就之漸有由來矣而嚴氏之書院祖孫相承彬彬奕葉既以淑其子姪又推之人人引掖切磋譽髦斯士其所以為風教

助者亦不小也然則吾知嚴氏詩書積累之慶將綿綿炳炳而亘於千百年之後豈有涯乎是宜序以勗諸來者

送周判官詩文序

聖天子即位改元之初政令一新厲精文治凡天下側陋遺逸懷奇抱珍之士莫不搜羅登進列於庶位厥明年復勑儒臣取古今君道臣道人事之載於典籍者櫽括類聚分嘉言善行懲戒以爲各類之綱上自唐虞下

逮元季采輯纂次輔便觀覽因以成一代之制作亦將以爲永世之龜鑑舉中外士流以博洽聞者會於翰林開館武殿之南廊以從事而草創之于時儁髦若天台陳好義徐好古葉仲汜延平鄭孟宣姑熟章謹建寧蘇伯厚李鐸吳中王汝玉張拱高可大溧水王真邵武劉仲美大興李敏金華方叔衡朱子建寧波史維時廣陵陸伯瞻浦江趙友同臨江周思吉郡顏子明蕭用道楊士奇暨予二十三人皆與是選於是天子喜其得人之

盛命文翰博士天台方孝孺總裁之命侍讀紹興唐愚士金華婁璉修撰吉郡胡靖三人者副之命修撰吉郡王艮編修荆州楊溥二人董督而討論之實建文庚辰十月十二日也詰旦錫宴館中旣而大官給酒饍中使共筆札事非輕也居無何愚士艮鐸敏相繼物故友同以丁外艱去伯瞻以使朝去子明以辭老去好義仲氾子建可真士奇叔衡維時陞擢國子王府翰林官可大領扶溝令思領判湖廣安陸州未幾叔衡仲美又以疾

辛於官思字存誠性古澹夷曠樂放林野且年逾耳順上疏力以衰絶不任事辭得旨賜本官致仕朝之名士咸稱異嘖嘖曰賢哉存誠趨舍之有道而進退之合宜也於其南還輒相與詠歌以孜孜德業於家庭十載間一旦而際文明之運遇有爲之君當可出之時勃然如風雲之從龍虎水火之就燥濕比之漢之東觀唐之弘文殆不是過余也與諸君子何其幸歟不二年餘而存者没者動者止者去者就者有若是之不齊吁良可慼

也雖然没者已矣而存者誠不可以不敬其身也動者升矣而止者亦不可以不安其命也去者得矣而就者尤不可以不勉其職也聖天子在上量同天廣其所以能從懸車之請而重賜賚之榮者一皆本之因心之仁無待勉强自然泛應而不覺其有契於古先哲王之令典如是也更後十年賢材並興德化周被四方底平余知聖天子之從請而重榮者又未必不如今日待存誠之廓然也余與諸君子又何其幸歟因詩文叙而槩述

其巔末以為存誠贈亦以為當時斯文慶

極拙堂詩文序

羅孟敬氏之居在泰和古城西北隅後倚穹阜前臨清池石映芳林左控平陸蓋得其負郭之佳勝處也孟敬氏昆季七人皆以溫厚恭謙著聞邑里而孟敬醇古篤實其容止也端而莊其言辭也簡而直其胸襟也恬而夷其游處也和而慎視流俗之日習於術數變詐縱橫捭闔而自以為巧者藐然而遠之有不知而問之則曰

余固極拙者安能與多巧者爲侶乎且多巧者亦烏用與極拙者侶也余是以謹避之而退養余之極拙以余天年貽於後嗣而已又何敢以期期之口確確之心於多巧之譊譊霍霍者求許與求契合哉因顔其堂曰極拙以見其志焉二子仲勤仲晦俱敦愨有父風仲勤以貢賦來京師求得侍書吳公仲平之書直史蕭君坦行之記一時名流賦詠非鮮以序爲余請余嘗爲適言曰夫耽於巧者拙之徒也然所謂拙者非果於拙也以無

所事於巧者而已又曰無所事於巧故不為巧者惑也昔漢陰丈夫抱甕而灌子貢語以桔槹之佚乃曰有機事者必有機心而不知為夫桔槹巧者之務也抱甕極拙之為也然寧為此而不為彼者以不事巧之機而舍夫拙之外也澹臺子羽行不由徑夫徑固巧且捷也周道若拙且迂也然寧由此而不由彼者亦以不事夫巧之邪而棄夫拙之正也千百年餘知是道者不屢見至唐之柳子切惡夫機巧傾險之妨教而病國也托乞巧

爲文以寓夫守拙之至性於戲若柳子者豈非深有符於漢陰澹臺之心者歟又千百年知是道者益不屢見至孟敬獨能遠避多巧而以極拙名堂垂示其子孫於永久於戲若孟敬者又豈非深有符於柳子之心者歟又豈非無懷天民之徒者歟述之以爲極拙堂詩文序

冰蘗軒詩文序

士生斯世有過人之材能者亦貴乎有過人之志操而尤貴乎有過人之德量也夫德量者所以居材能志操

之宮宇而材能志操者宮宇中之庶珍也有庶珍者必資閎深之宮宇以居之則庶珍雖富出之必以其時用之必中其節而不貽慢藏之譏矣使其有庶珍之富而不有閎深之宮宇以貯之則未免暴露於外出之不以其時用之不中其節不失之妄費則祗以誨盜耳烏足貴哉若姑熟李介石氏者窮則有以濟艱虞達則有以任煩劇其材能足取也止則非其力不食仕則非其道不以一毫取於人其志操足貴也處已以誠雖不見是

而無悶待人以寛而於人無所不容其德量又豈不足貴歟其邑友通政章公有常知介石而志同道合者也改元初首薦于朝徵詣天官授饒之樂平丞丞貳令者也政教之美惡則同其張弛也法令之得失則同其斟酌也催徵之緩急賦役之輕重則同其權宜也故令與丞非協恭和衷如家人父子之相得者鮮有能康庶事而成偉績也介石氏則克温克柔而不至於踈怠也克明克斷而不過於苛察也克敬克讓而不流於怯懦也

由是而上下之情無不順小大之務無不舉遠邇之俗無不知後先之効無不立士稱其賢人樂其化井井乎有古良牧之風樂平之民幸矣哉客有過其邑視其田野之闢人民之安墻屋之脩樹木之茂曰美哉為治乎造其舍言論累日而知介石之有諸内也因章公薦剡有厲志清苦之語遂以冰蘗顔其游息之軒蓋將與其旣往勉其方來其意深矣三年春介石以貢賦來京師而章公是時官周府長史同余以奉勅編纂内廷誦介

石之德下漏不休用是重介石之篤於自脩而亦重章公樂於揚善也一日攜朝野名士大夫所爲氷蘖軒記若文若詩幾數十篇屬余序之可無言乎於戲氷者物之至清者也蘖者物之至苦者也以之養生則不若和羹太牢之甘美也以之爲財則不若渾金璞玉之貴且重也而古之先民獨取之以爲高賢真士之令稱者豈徒然哉蓋士之能以一廉自守而纖芥無私極天下之紛華靡麗邈然無足以動其中者則非氷之至清固不

足以爲之喻也士之能以澹泊自勵而不求温飽極天下之羶葷㵼瀡判然無足以移其志者則非蘗之至苦固不足以爲之譬也然則昔賢旣以是聲而取信於當時流芳於竹帛如彼其彰彰矣介石復以是聲而見信於交友揭顔於高軒百世之下安知其不亦如彼之彰彰矣乎是宜諸君子紀述之不疑而推許之不斬也介石氏其尚勗哉是爲序

相山經序

龍蟠子曰葬者掩親之道送死慎終之事也人受體於父母本骸得氣氣感而應鬼福及人故青烏子曰藏于窅冥實闗休咎可不慎乎孟子曰養生者不足以當大事唯送死可以當大事大事者豈唯棺椁衣衾哀戚享祀盡其心而已耶蓋卜其宅兆而安厝之俾親之體不陷於背囚騰漏不畜不及之穴而不爲飄風水泉螻蟻之所害是亦當大事之一端也嘗觀巨室之葬喪禮戒行棺椁之殯非不美衣衾之歛非不厚哀戚之容非不

至享祀之物非不豐也而惑於迂怪之士肆其誘誑曰某山也富某山也貴或深入於壑谷之磴⿰石宮或高步於峯巒之屹嶫或卽岡隴之奔馳或乘平阜之散漫指僞爲眞指虛爲實指背爲向指凶爲吉而於陰陽消長之妙五行生化之機原之爲祖行之爲勢止之爲形護之爲支結之爲穴則𡨋然無識若瞽叟夜遊蚩蚩焉貿貿焉莫知其方不懼禍福之隨人祇茍圖金帛之利已舉世皆然罔或知其謬而正之也爲人子者不揣其德而

貪其蔭循其所指蹟而厝之則美棺厚衾終皆爲水泉螻螘之聚親之肌膚不勝其慘塚神失依子孫罹殃圖妥其親而卒棄其親圖亢其宗而卒覆其宗者比比有焉是迂怪之士之誣人其害之重至於如此又何不慎乎余甞憫夫訛謬相襲無有届止因上考於古有孫郭楊曾諸家地理之文參集融會恍然之間殆有以得其要領復從其所能洞是術者爲之師又有以明其條目而董山之法於是乎通矣甞爲之言曰學尚於正不尚

於邪也術尚於明不尚於惟也行尚於忠不尚於薄也當時之士反是是以遂亡其正駸駸然入於邪也亡其明昏昏然入於恠也亡其忠噲噲然入於薄也由入於邪故以塟親爲餂富貴而不知其孝也由入於恠故以塟山之法流爲災異詭秘之術務以悅人而不知究其本也由入於薄故以塟人之親爲資養之策於已親則泛置之而不顧也悲夫㣙歟前聖仰觀俯察近取諸身遠取諸物蓋相山之法相人之理一而二二而一者也

君子知相人之理則可以知相山之法矣故筆之於書而自序其首如此以俟夫孝子仁人之欲妥其親者必由是而考焉則庶乎有以得其旨而不差矣

綱常懿範叙

綱常懿範者廬陵周德當閒居之日感先母幼日教以忠孝而述也母姓彭氏諱屼貞生而穎悟幼醇謹貞亮長僅識字而知文學德義之為美且貴焉性喜聞古今忠臣孝子烈女行實常心記累百當慈父見背母年二

十有八孀居守志榮利澹如德甫四歲即令就師習學夜必教以脩身勤學之要然後舉所記忠孝故事一端本末詳明丁寧篤誨曰汝謹識此長須學此曹爲臣當忠爲子當孝則不墜汝父志也元末兵興閭里蕩析則能從外祖庭椿居士先事遠引保身濁世人皆服其明且哲焉亂定時平歸結廬獨處具贄遣從里縉紳諸樵胡先生學先生言行端崇德業充裕當世罕比一見聰敏輒許以孫子妻焉母喜曰吾子學問有托吾無憂矣

遂敬禮先生同於嚴父凡嘉蔬甘果不以進奉不先入口居無何而吾母先生相繼傾逝使大恩莫報嗚呼痛哉迄今二十有餘年矣幸逢當今大明麗天普照六合

皇帝聖神股肱賢良嘗以爲天下士之未受知於主也棲遲草野躬親樵畊百載而上賢愚成敗得失利病如示諸掌於斯時也孰不欲出與當路先達同心協力以黼黻皇猷揄敭聖化鳴國家之盛然而行藏取舍固皆非人所能爲於是安貧窮一旦又思吾母之所篤誨於

愚也如此其勤而因循落魄年幾不惑進不能有以裨聖朝思治之切退不能有以顯先親潛德之美遂於暇日承先親之遺訓旁加蒐葺中古陶唐而降三統之間人極之内德崇而業廣功成而譽顯者萃爲一編題曰綱常懿範凡十六端二十五類通一千三百九十有六家該舉彝倫囊括善類綱領布條目分坦然易見爲人君者鑑之則可以效法明王追跡往聖而力致於隆平也爲人臣者觀之則可以景行先喆希蹤前烈而勉成

於忠義也爲男者覽之則可以感發造就而遂其爲男之志爲女者聞之則可以歆慕依放而修其爲女之德見可而欲進者視其才傑之科則英氣自倍而行之必果矣知難而欲退者諗於清隱之端則厲操愈堅而守之必確矣思齊其家者閱夫同居之目則必能敦序於九族思揚其名者求夫聯芳之卷則必無負於百年矣槩而論之乃人倫之儀則也雖漢唐以來百將循吏列女各已有傳然考其時至今復五六百載嗣纂之者未

有其人是則古雖有傳以今觀之亦不完之器矣故敢歷稽史籍旁參百家掇見聞之所及而紀是編然而尚恨山林淺陋古今浩渺不無遺珠於滄海滯穗於甫田是則又有待於後之博雅君子與我同志加之潤色補其遺缺世以繼世賢以繼賢增新於名數續美於諸端以陳善閉邪爲之宗旨去稊稗而養稻粱集鳳麟而掃鴟獍使用於朝也則足爲君臣進德之龜鑑用於野也則足爲士女向善之指南上以贊聖天子風化政教之

光被下以慰先母教訓之不負焉此愚之志也故自叙於編首庶覽者知所本末云時洪武壬申孟夏朔日龍蟠是脩周惪書于舉岡之寫經軒

送陳簿叙

簿佐令者也令之所行善簿得而賛襄之所行不善得而匡正之版籍之多寡賦税之厚薄徭役之重輕刑名之枉直風俗之美惡平章綜理俾無一事之不恊於中者令與簿實同其責焉然則膺是選而居是職以受民

社之寄不得其人不可也撫之崇仁簿天台陳君尚義由國子生起家任雲南軍民府經歷再調而臨是邑未及朞月政通人和百廢具興先是崇仁之田稅法壞於貪吏民葢有不勝其害者君察而患之輙躬赴朝堂陳於皇上得請悉革煩苛之弊而定爲寛省之科邑之黎庶莫不忻忻謳吟以爲受永世之惠於陳君矣君則退然一歸美朝廷曰是聖天子之賜也余何有焉有識者益重君之遠度也三載以納賦來京師而崇仁之俊乂

列清階於大廷若典籍黄公子中編脩吳君德潤給事舒君孟明太學生吳爾瞻劉子羽誦陳君之善如出一口余聞而喜之曰古人有云枳棘非鸞鳳所棲百里非大賢之路豈果足爲名言哉柳下惠不卑小官孔子嘗爲委吏聖賢仕止往往安於所遇隨時處中以行吾志而已曷嘗以崇卑小大切切爲之校哉夫簿之爲職雖卑且小也然昔賈浪仙嘗爲之而終以詩名傳古今程明道嘗爲之而終以理學倡天下洪光弼嘗爲之而終

以使節顯青史葉子昂嘗爲之而終以相業著門閥以四君子之才能操行猶不以之爲卑小而有所不屑焉者陳君其知慕於四君子者歟其與汲汲於進取而忘已量之所稱者相距豈不遠矣乎四君子之德業吾將以爲陳君望陳君往之期必有以副吾之望而崇仁之邑又豈不爲漢朱司農之桐鄉是爲序

周氏小譜叙

譜諜之作所以紀族姓著昭穆定親疏辨同異也夫本

同而失於紀著至未久而以為異者固非仁人孝子之心也本異而强於扳附欲眩人而以為之同者又豈仁人孝子之道哉若郭崇韜貽拜墓之譏蘇老泉所謂相視如塗人者皆可戒也吾祖由金陵來止泰和爵譽里歷西臺御史僕射朝奉大夫至潭州主簿自爵譽徙居灘江再傳至高祖月溪徙桐山又三傳至先考君邦賢徙陽岡里舉子岡既於兵燹寶藏吾氏之宗譜惟謹譜有燕山竇禹鈞子儼為之首序有益國文忠公為重脩

序有太祖夫人金花封誥二庚子秋挾厚貲避地五雲寓太原里有同姓富室願以百金買誥而敘同宗之好先君怫然曰而欲以百金鬻先世之封贈於他叢之不肖子乎是何畀我之甚也其人赧而退乃别製帛囊貯譜誥加於荷擔之上意有急則棄擔携此以竄荷者弗之知至地名分水愈不堪其重揣帛囊疑卷軸爲繪像卽恚曰命且不測猶荷繪像乎觧而棄之去十里行始相及問其囊以寔對亟反而求之留月餘竟不復得憂

憤成疾以卒嗚呼先君值艱世而保護宗譜若諾如是之至蓋將以遺於後之人也不幸爲荷者所棄致疾而終其志固可憫矣悳幼孤賴賢母教育底於成立嘗念先君之德思所以成其志而未能也洪武己卯備員王官嘗以侍講之暇因述見聞所及作周氏小譜而紀之舉岡八詠卷間俾後之覽者得有所稽而引之於奕世期無負於先君之志云

西江歸興圖叙

西江歸輿圖者余友壽庠禮用黄先生以考績詣天官例送翰林試本經義論策獨冠多士將待以不次之擢而先生不之屑日汲汲以乞歸爲請又數抗論切直忤于有司而有韶州乳源教諭之命同志者莫不惜之而先生不之校唯以便道得瞻桑梓而一拜先人墓爲幸又喜西江數千里山川郡國之形勝得重經於品題也即買舟載琴書由金陵遡大江而西不一舍爲三山爲采石有李白謝眺之遺蹤可訪也又其西爲銅陵爲潛

嶽南北羣峯之秀可攬也又其西爲小姑爲彭郎夾流對峙合西南半天下諸水都會于此而東焉觀之者莫不可以廓胸懷而遺幽抑也又其西爲匡廬五老爲彭蠡揚瀾湖天之縹緲烟水之微茫舉莫非歸途長吟朗詠以摛辭染翰之資也又其西爲吳城爲昌邑爲古洪若西山南浦徐稚亭滕王閣名藩偉觀亦莫非歸途登高覽古以遊目騁懷之助也又其西爲豐城爲玉峽爲吾廬陵故郡若螺川鷺渚青原玉笥之奇甲於南中忠

節文章著聞奕世猶倬倬而可仰也又其西爲丹砂爲淘金爲余西昌之邑若龍洲鷗閣玉華武姥之勝又甲於是郡甘溪在玉華之陰山環而水迴土腴而木茂居民繁夥而禮俗醇厚黃氏之居則依於窮林峻嶺之麓瞰於平田曲澗之濱浮嵐暖翠朝暉夕霏晦明變化倏忽萬狀莫非可以愜中心而怡素志者宜歸興之浩然於其間而不可遏尤宜是圖秩然而作於曠古之所未有也余旣撫是圖而識先生之興矣乃爲之言曰夫士

君子之倦遊而思歸也若陶淵明之於晉則不遇於時而得由於己故能脫然竟去以終遂其歸老之興者也若先生之於今則遇於時而不得由於己故當夷然委順以暫遂其歸休之興者也淵明之與先生蓋易地則皆然耳矧乳源距西昌爲伊邇教諭係一邑風化之首朝廷於是職必慎擇其人焉而不敢忽是行也既膺付托之重而王程束追固將先期竣事由西昌而上道五雲歷雙巽瞻鬱孤之臺以探章江之源度梅關經南雄

抵於韶陽與凡菑斯邑之君子協恭和衷以一正其紀綱一新其德教如植木之必培其本如導水之必濬其源期月而可矣三年而有成則乳源之邑其能不變而爲鄒魯之鄉哉於斯時也時行而行以先生之才固當起而鳴國家之盛以大有爲於天下未晚也由是而懸車遂請及余也得偕踵二疏之清塵蒼顏皓首葛巾野服日相與尋文酒之約於東阡西陌松筠桑苧閒以終其天年則何樂如之何幸如之哉姑書於圖之左方以

爲異時徵

秋江送別圖叙

兩浙名溪山以會稽若耶爲首稱其秦望鑑湖蓬萊曲水之勝亦皆磊落不羣而彰彰乎古今天下者也雅士孫宗佑氏世居山陰之卧龍山山蜿蜒盤旋驤首蹲尾蓋以形似而得名於鴻濛開闢初孫氏則旁占其秀以儲英毓靈綿綿奕葉演慶源於無涯者如彼也宗佑少涉學敦典樂善澹然不以利禄經心愛親敬長行義卓

卓見稱於流輩洪武戊寅秋以公戍來京師掛劍長安陌賦從車詩十餘篇宛然有盛唐作者風格渠帥以下凡知音者莫不重其爲良家子而不忍驅之行伍訓練奔走作息之間且假館俾爲諸子弟矜式焉建文三年春乃得𢦤痍辭遂其高也買舟龍灣東歸之興可知矣一日携所寫秋江送别圖及名士大夫所題品詩一卷謁余以序爲請觀其圖趣恬遠知其早有得於王右丞鄭廣文之三尺者可嘉也喜而爲之言曰古之君子未

嘗不爲別其別焉者未嘗不繾綣焉而不能爲懷也夫猶焉而不忍捨去也故往往聲嗟氣嘆形於詠歌漢魏以來若遠別離則傳於諸家之樂府若春草碧色春水綠波送君南浦傷如之何其悠然無窮之意則寓於江文通之一賦秘思妍辭膾炙人口亘千百載之下如一日焉者誠揣情而根理也宗佑乃能寫之以爲圖而又於宋玉所謂登山臨水送將歸之幽情婉態亦併見於翰墨涵融之表焉非悟於理而深於畫者不足以語於

此然則其還而依於卧龍之山開晚翠之軒以游焉休焉撫圖誦詩而思故人如已於青雲之上殆邈乎如丹卯望蓬壺於碧海微茫之外其爲别之懷較之今日秋江徘徊顧惜之頃又當爲何如哉此余所以爲宗佑重有感於是圖也列宗佑安於行藏之遇而明於進退之機從容乎義命所在而無一毫苟得之私焉庶幾其爲高世之徒有諸中不矜於外宜非衆人之所盡識者歟不然何其出處之自得如是歟是爲序俾歸而揭諸軒

中以爲昨夕進脩之勸

芻蕘集卷五

芻蕘集卷六

明 周是脩 撰

序類

永慶堂記

廬陵西南五十里禾川之水滙而為梁潭潭之滸為白沙翠竹江村左控石頭之髙山右挾陽臺之秀嶺鸕鷀之磯金牛之渡連絡乎上下中則平原膏土嘉樹清流

名門右姓修然而居者棊布星列若禮庭蕭氏其尤也蕭氏自宋元以來世積醇徳至禮庭而益大壯游四方以殷資正氣徽徽有聲朝野間性端重寡言笑不妄交與人稱其有古君子風二子伯瑋伯琦俱英俊謙敏式允其宗予平居時耳禮庭父子之為人熟矣而未之相接也及奔走宦途忽五六載由汴邸還朝備員衛府官伯瑋至京則見其姿茂而體丰言温而氣和喜之而信乎名下之無虚士因舉所建永慶之堂請予為之記予

嘗讀易至坤之文言曰積善之家必有餘慶又曰善不積不足以成名未嘗不輟書而歎曰嗟乎甚矣人之不可以不善而善之不可以不積也積而至於成名積之於身之驗也積而至於有慶積之於家之驗也積之為言也守之而不使之或失崇之而不使之或替夫一動而善再動而善馴而至於衆動莫不善焉善之積於身者盛矣一世而善再世而善引而至於百世莫不善焉善之積於家者厚矣惟其盛惟其厚則其名之立慶之

演炳炳烺烺綿綿延延固自有不期然而然者矣堂以永慶名其不有見於斯乎然則蕭氏之善積之於先世不為不厚而有慶於今世也宜矣繼今以往蕭氏之善積之其可不厚而永其慶於後之世乎為蕭氏之嗣者容可不以前人之心為心而孜孜以積善為務世以繼世賢以繼賢誓無負於前人名堂之意則天之報之豈不有衮衮而生者以紹八葉之相業續三瑞之芳聲愈久而愈光愈遠而愈大演其慶於亘千百年而至于無

涯乎吾以是為蕭氏子孫望若夫堂制之高廣軒楹之華樸圖書琴瑟之新古奉祠祀教子弟待賓親禮儀之豐備心志之祗勤朋壽繁祉之充溢於堂中者是皆俟夫郡邑之達人文士登斯堂而歴詠之以垂於不朽予不及紀也是為記

一蓬軒記

靖江直史蕭公坦行由領職隨王留京師官舍在紫垣之南金河之涘左瞻皐門之岧嶢右矚公車之肅穆鍾

山之雲西苑之樹青簾一捲圖繪宛然天開盖地之最清切而爽塏者也坦行以強仕之年任膺匡輔剛腸直氣貫乎日月然公退之暇性喜閒適以户庭舊制北瞰通衢頗逼車馬之喧於定居之明年夏六月甲子拓舍東眄陽之隙掄才命工搆軒四楹高一丈有奇深踰高之二尺廣如深之數上則編竹葺茅為篷以覆焉旁則織葦附塗而代墁以堵既成瑩白玲瓏隔離塵襍每與同里周是脩楊士奇二友徜徉其間穹乎泊乎恍若乘

扁舟而浮游乎巨浸風恬浪靜煙景澄明亦不知跬步之外之為名場為利路也因顏之曰一蓬命是脩以記是脩以坦行之處而學也有經緯之文有卓特之行孝友聞于人人志操風乎流俗固予之所知而衆以予為有同焉者予未之自遯也出而仕也有發憤之忠有挺拔之節獻納之懇冀有補於聖明退讓之忱實無望於利進亦予之所知而衆以予為有同焉者予亦未之自遯也及其朝回而容與於斯蓬之中也軒窗籬落之澄

潔几席琴書之典雅高情凌厲乎氷霜逸興飛翔乎寥廓亦予之所知而或不識予之有同焉者予則竊自避焉言未既士奇作而訊曰予以直史公之名軒其寓其意也如斯而已乎夫其以一蓬名軒豈不有見於古人所謂君猶舟民猶水之戒而思兢兢然以惕厲業業然以持循期勉成於善治乎豈不有志於古人所謂作舟楫濟巨川之喻而思宏道德之言展彌綸之抱忠貿乎明主力拯乎窮民期膏澤于天下乎矧皆士君子知務

者之當然乎不然一蓬之軒曷不嘗之於昔者滄江白石之間而獨建於金馬玉堂之側乎不勉夫二者以副士望而徒曰吾以疑識之似而已又曰吾以莊子虛舟之說爲况而已不幾於遺世而昧於素位之道乎予與坦行俱笑而有所難言者姑復之曰子之言然乃次而書之以爲一蓬軒記

琴樂記

小學大學皆學也巫醫樂師百工之人所以承承而不

乏者亦莫不由於學也河南陳子龍氏將家子也而雅志于學由成童誦經史習射御治太公穰苴孫武吳起諸兵家法頗識指歸然性氣清越好鼓琴以自娱得郡人伯景羅君之傳朝焉夕焉寢焉食焉游焉息焉未嘗舍琴而少怠其習伯景以其志之堅學之篤而知其好之深也喜之曰他日盡吾妙者子龍氏也遂無所靳惜而悉以喻之子龍焉不再歷年恍然而開悟豁然而貫通放情任意無往而不和且暢者經與譜而相孚手與

心而無戾殆不知絃之合於譜乎譜之契於絃乎亦不知心之命於手乎手之應於心乎曰絃乎曰譜乎曰心乎曰手乎四者爲一幾相忘於琴之間乎構室一區繚以周垣環蒔花竹軒楹几席清洞爽朗以爲居琴之所友之以筆硯間之以圖畫從之以香爐茶竈綜理之暇神融景會或時雨之新霽或積雪之初消或薰風南來或皓月東上援吾琴而理之悠然一操泠泠乎太古之音灑灑乎出塵之想殊不知天壤之中復有何樂可以

代此也因質之其師園樂胡先生而言之曰琴樂而以記為予請予嘗考之伏羲作琴長三尺六寸六分象三百六旬有六日也廣六寸象六合也前廣後狹象尊卑也上圓下方法天地也五絃五官也大絃君也寬和而溫小絃臣也清廉而不亂文武加二絃合君臣之恩也宮為君商為臣角為民徵為事羽為物又曰琴者樂之統也君子所常御不離於身以其大小得中而聲音和大聲不諠譁而流漫小聲不湮滅而不聞適足以和人

意氣發人善心而知為樂之莫尚乎琴也今子龍以武功兩朝顯宦累榮而能不以馳馬試劍為務乃孜孜然慕好於琴以成其樂也此其志趣之高遠襟懷之澄澈宜乎超出流輩而少有儷之者也雖然知琴之所以樂尤當知琴之所以忠且正者如阮瞻之於潘岳恒對之終日而無忤如戴逵之於武陵必守夫士節而不失盛名遺行表表於千載之上苟不能兼二子之心以自處焉則雖操雲和奏凱鍾汎繞梁戞綠綺吾未見其為琴

之責而樂之真也子龍曰聞命矣因書以為記

雞山新居記

豐溪在廬陵之西六十里溪之陽有高原茂林望之鬱然而深秀者著姓顔氏世居之溪之陰諸峰羅立其一峰曰雞山者尤聳拔奇異因形似而得名自古矣顔之賜彭子明喜兹山之勝乃卜宅而依其麓焉爰來爰止以種以植不五六年而叢篁嘉木蔽翳雲日與顔氏之居夾溪相矚過之者如行輞川圖畫中也環新居之田

皆膏腴常稔子明日躬耕以奉其親采於山釣於水裒其美鮮為滫瀡助侍其弟子凱盡友愛之道一門内外和樂無間言由是以孝悌著稱江鄉而其姻兄顔君紹先知其志行有足取者每提撕而奬進之既為相其址而協吉復為之扁曰雞山新居當子明來京師導之必以記為予請蓋欲其因予文之警策而益篤不懈以經營創置貽嘉謀于無窮垂令名於不朽其成美之德於紹先可謂厚矣子明而知紹先之意誠能親之如芝蘭

以日造月就期無忝於東籬角山之華裔而終為雞山不易之始祖上有以光其先下有以振其後者其皆在於子明矣夫紹先之成美於子明者能然予獨不能然乎予獨能於子明靳一言乎是為記子明其尚勉之敬之庶予與紹先之所以激厲所以期望者不負焉

南秀軒記

蕭士行西昌清沂良家子也身長七尺貌甚清越被服朴素如庸衆人究其性則温厚恭謹考其行則孝友惇

信奉親事長盡敬順之道上下交承惟仁善是與見稱於父老受知於士流然後君子識其非庸衆也尤篤好清雅閒逸之事以適其趣嘗即正寢之南闢軒領勝以為藏脩之所顔之曰南秀因其實也洪武庚辰偕其兄士信以寫照游京師名卿間得翰林侍書吳公仲平為篆古二字而記請於予予問士信而知南軒之秀為不誣也軒之構不逾一尋有半深如之廣如之而明窻淨几娟娟如也軒之右有長松偃蹇蒼翠凌傲氷霜貫四

時而益茂其左則有老梅踈竹消灑檀欒延袤百餘步與平林高原之枌榆桑苧隱隱而相接是卉木之秀于兹軒者㣲勝紀也松竹之外有方池汪洋澄澈風止煙銷朗然如鑑晴光冷色浮映乎蒼宇又其南里許有泉山檻泉出其麓滔滔汩汩如瀉瓊如縈帶以分注乎稻畦疏圃中幾百折而落于池為長滿焉是水泉之秀于兹軒弗勝紀也泉山之外則有天柱一峰孤聳卓絶瀑水嵐煙晦明隱顯變化而不可測峰之東則又有三峰

羅立狀如筆架即所謂三顱山葱蒨奇崛與天柱而相高軒扉一啓宛然天開之圖畫是山峰之秀于茲軒者弗勝紀也士行以綜理之暇常引其子于南呼其姪于喬于海于淵于丘皆童幼髫齔或訓以誦詩讀書或教以揖讓進退或稱觴獻壽而拜舞於親之膝下鏘鏘濟濟可以悅於目而娛於心是後裔之秀於茲軒者弗勝紀也夫士行以一軒而并領乎四者之勝矣餘若風月之清明魚鳥之飛躍賓友之往還又無一而非軒中之

勝顔之南秀不亦宜乎予以之而歎曰嗟乎金貝珠玉錦繡綦組世之所悦也而士行不之睨惟樂夫南軒之秀焉輿馬臺池聲色游宴世之所悦也而士行不之尚惟樂夫南軒之秀焉其於為人可知如是則見稱於父老受知於士流而取重於當路名卿大夫又不亦宜乎予與士行為同邑且生平之性惟樂於道人之善而喜於成人之美知士行南軒之秀若此而為之記以示其雲仍垂於不朽不亦宜乎

思存堂記

客有自西昌汎舟而至江水之南艤舟而憩于懷仁之渡登傅氏宗巖氏思存之堂喜其高明爽塏前列奇峰旁迤嘉樹清池芳園流水映帶深衣綸巾諸子森侍焚香煑茶雅不可俗於是談論竟日及詢所以名堂之意宗巖愴然變色而應之曰悠悠乎耿耿乎殆難言也客曰何謂其然也宗巖曰人子之於親幸存而得盡乎志養者孰能無樂不幸既沒而莫報乎劬勞者孰能無思

思之而不置雖既遠矣猶不能不使其親旦旦而存乎心目之閒焉葢思存則親存人之道也不爾則親之恩德與朝露而隨晞親之音容與春雲而倏散邈然而無墨於中也人道不幾於熄乎生也不幸甫成童時已失怙恃抱罔極之痛積年於兹而親之恩德無一日而不昭昭于心也親之音容無一日而不睊睊於目也居而思之則儼然如見吾親之在於位也行而思之則宛然如見吾親之在於前也止於樹而思之則吾親之游息

而悅乎繁陰者不能忘也臨於沼而思之則吾親之漪濯而悅乎澄澈者不能忘也寢則見吾親於夢也食則見吾親於羹也吾身之所在皆吾親之所在如之何而能忘乎是予堂之所由作而思之所由名也客乃惕然起而謝之曰孝矣哉宗巖之能不遺其親也美矣哉名堂之為有補于世也建文二年冬客以應召來京師謁予官舍歷舉宗巖氏之言為予誦之而屬為之記予聞而嘉之曰嗟乎與宗巖氏出處隱顯固懸隔也而其所

以抱痛永感著存不忘之念聽其言也又何大同若是哉是宜記以副宗嚴氏之請亦以為世之為子者親在而或不之敬沒而或不之思思而或不之久亹亹貿貿有愧於人道者之戒且勸焉客蕭姓士信名亦篤於孝思者也故并及之

翠玉樓記

予以竊禄明時備員王官不瞻桑梓而友松桂者歷紀又更新矣建文三年春從予游者内弟胡孔時氏以省

親古豐道京師乃聞有東樓新構之美述其經始歲月與夫地位材木高深向背華質之宜甚喜胡氏之有人而壯觀之出色也已而將告歸以樓之名與記為請予應之曰胡氏居灘江銅山之間由南唐僕射以來衣冠文物繩繩而不乏彬彬而益著者雖一本於前人德澤之厚而謂不得助於山川之勝者予弗韙也若夫禾川之水從西北二百餘里與官溪之流合抱銅山為一曲南迤環胡氏之居北而東焉春雨施而煖浪拍天秋霜

降而寒潭澄碧風帆沙鳥之幽夐石蘭岸芷之芬芳勝之發於本者葢莫得而枚舉也金臺石壁龍須南華諸峯掩映乎其前後老姥龍門華葢廖山之岫羅列乎其左右朝霏斂而霽色堆藍暮景凝而嵐光疑紫丹崖青壁之杳藹白雲紅樹之微茫勝之發於山者又莫得而殫形也予嘗於端居之日登高四望游歌寫懷誦蘇公翠浪玉虹之句境與意合快然自得而未有以領其槩也今孔時之新樓既高出於脩篁叢桂之表軒楹面面

一憑闌之頃而向予所快者必舉在於目前矣爰采蘇句以翠玉名之不亦宜乎孔時曰唯唯予復申之以言曰居室之有樓猶士人之有傑特者也夫樓復簷隆棟超軼羣構而無所蔽障以之遠俗可以離氛埃以之覽勝可以極千里旁視彼之連甍鬬角如翬飛如鱗次者屹然而不相並其蓽門圭竇如蟻封如蝸殼者相去豈不遼哉夫傑特之器必雅志宏度殊異流輩而磊落倜儻不拘於時以之為已可以崇德業以之為人可以勵

風教旁視彼之名流俊士如龍蟠如鳳逸者挺然而不相下其庸夫愚子之如蠅營如蚊聚者相去亦豈不遠哉況凡得其地者有其人有其人者成其事成其事者傳其名自古及今理必然也然則孔時於翠玉之樓惟當廣圖史之儲以訓其子姪俾胡氏詩書之澤綿綿浩浩益有光於前人亦且厚琴酒之資以俟子與而翁宦游既倦請身南還同登斯樓逍遥徜徉日領夫翠玉之勝以娱晚節則斯樓之名將與唐白樂天之石樓宋王

元之之竹樓共稱于千載之後矣又豈若齊雲摘星之徒以驕侈佚樂爲尚哉雖然孔時去此而能篤躬尚德允成傑特之士而不負于所以因樓而取譬之意則樓中之子孫又可不勉焉孜孜以讀書明道思繩傑特之武而不負孔時作樓貽後之意哉是爲記

吾隱堂記

泰和武山之陰沿溪流而上者不五六里曰西塘汪洋澄澈幾百餘畝演之以清泉峙之以白石環障之以丘

巒延表之以田圃蔽翳之以雲木映帶之以居廬後顧則欝欝乎樂原之岫前眺則巍巍乎高霄之巘左瞰芳橋之坦夷右睇白泉之深窅其壤沃饒其境幽夐若天造而地設者著姓鍾氏世有勝而專之焉鍾之彥曰與吾幼機警力學能詩文節志高尚比壯涉元季兵爭乃能明哲保身於滄桑陵谷之後吁其智矣哉我朝龍興海宇寧謐歸構堂故址式廓前脩洪武初徵賢之詔日下公則曰予老矣予無心於世事矣其富貴利達亦非

予之所知矣遂謝絶當路日以琴書觴咏自娱晏如也
愛其子亮尤篤於義方之訓甫童丱時已卓卓異流輩
文辭下筆斐然可觀公喜益砥礪奬掖不使少懈因具
贄遣就司業子高劉先生學綽綽有悟入又令從國録
雅言蕭先生受三經三緯之旨而所得為不貲矣亮字
起晦孝行篤志忠養勤勤盡人子之道居無何以才名
著聞辟命之至者歳無虚日强領贑庠教德薫行染材
用有成庭闈音問亦靡月不至五載于兹一旦而羅罔

極之痛泣血柴毁比于終喪建文三年起復朝京師歷試翰林天官俱在前列而以母老乞歸侍爲請聖天子嘉其志而有南雄州學之命便迎養也南還有期喟然謂予曰遺世休明獲沾寸禄而先君子不復作矣潛德之罔顯禄養之不逮日夕永念何以爲此心哉所幸而有者先師劉先生嘗大書吾隱二字將揭之堂中以寓夫著存不忘於悠久願賜一言以記之於戲隱者士君子遵養時晦之名獨善其身之事而居易俟命之道也

惟明乎是道行乎是事而不愧乎是名者隱之謂也不能明是道行是事愧是名而亦謂之隱可得乎今觀與吾氏之為隱也專西塘之勝歷亂至平端居自守而榮耀紛華舉不足以動其中非果能明乎是道者歟樵山釣水而惟適之安讀書教子而惟義所在非果能行乎是事者歟能行乎是事能明乎是道非果能不愧於是名者歟劉先生之為是堂其意固有在矣若起晦之拳拳於其親而切切為之請其意之誠其行之篤所以承

于先而啓于後者又將如西塘之水源源混混必盈科而後進不放乎四海不止也吾隱氏其不歿矣哉

梅軒記

吾嘗觀植物之盈乎天地間者穀粟之可以為食桑麻之可以為衣松栢之堪棟梁篠簜之利國用自餘結根挺榦分枝布葉吐芳而垂實者形色氣味萬有不齊夷考其材舉莫是數者若也然梅之為木凡名賢偉士一談及莫不深愛而致好或取以譬高世之流或引喻自

家之況或揭以顔其居或稱以别其字往往不謀而同古今皆然不可勝記者何也蓋以其標格清奇精神蒼古𠎝不侔於衆卉故也觀其立則瀟灑卓絶而不染於纖埃也其秀則玲瓏潔白而獨先於春陽也昔人謂為花魁豈夫傲城蕭梅瑞氏當始生之日其先大夫求立隐居夢人遺以梅蕚一枝遂因以名既長疏通倜儻正直無少阿倚父老咸德其為人綜理之暇每追念其親所以因夢命名之意輙深自惕勵以為立身行已當表

表於士民中亦猶梅之表表於卉木中而後可也嘗詠林和靖暗香踈影之句陶陶自得於是闢軒種梅為游息之所題之曰梅軒而亦以自號焉建文三年春介其冢嗣漢章者吾甥也走水陸三千里謁予京師以記為請予旣喜梅瑞之得趣于梅有清古端潔之操獲恬澹安和之樂是梅不負於人人亦不忝於梅矣又喜其仲子漢翬年未弱冠已屹然為鄉閭子弟矜式由是而漸磨造就克成其一家之學則升廟廊調鼎鼐將不在於

梅軒而其在子若孫者必矣又豈徒巡簷索笑寓一時之清興而已乎是宜記俾置之軒中以為異日光大徽

舉岡八詠記

舉岡八詠者何予所卜泰和之居既成即其勝而表之以寓夫雅尚之興也八者何舉子岡仙人石奉祠墩厚本堂寫經軒洗硯池演清橋涌翠亭也舉子岡者何是邑諸山之高圓而秀特者皆以岡名而舉子者亦武婆天柱尖心鼓樓黃牛馬纓朱砂櫸林之類耳其立名之

故則不可知也仙人石者何舉岡之南有陵周道絙其麓陵之上有石二相距邇咫俱平而長石之上有巨人跡各二前後相應跟趺踳跐甚悉而肖視其質理生於自然固非琢鑿之所為者里父老相傳昔后羿上射十日墮一烏於此上故人名射日石亦名仙人石道之行旅登陵以觀者成坦途焉奉祠墩者何予初任周府奉祠官子輪來省當告歸命即居之左水所合流之處築墩高二丈廣倍之構室其端以奉先祠為龕二層上敘

祖考之位下將設啓基者之像置田以供歲祀器什物品儀禮具著成式因以名之蓋兼取其義也厚本堂者何舉岡之後居予宦游時妻子所營聞其高朗完固喜之而命以名其意若曰祖者人之本而啓基者又此地創始之本至若耕讀以為治生之本種植以為利用之本積善以為傳世之本事上以敬為本接下以恕為本祭祀以誠為本立身處家以中正勤儉為本凡此者皆所當厚也寫經軒者何予平居之日志存典籍嘗闢軒

對竹𨵿經括史述為簡徑以便童稺若類編論語集義大成綱常懿範啓蒙法語廣演太極圖相山經濟世新方等編皆於軒中手自纂輯而成故因以為名洗硯池者何軒之東北行數百步有池廣半畝北岸石壁水中有竅內寬外狹深不可測泉出其間予嘗洗硯于此因以名之演清橋者何居之東林壑綢繆百泉涓涓會而為溪其大者則出於洗硯池之石竅汪洋澄澈可濯可湘因門逕所經架小橋以度取演其清派以名之也涌

翠亭者何舉岡之居山水盤廻原隰平曠洪武甲子初爰始爰謀爰度爰構廼疆廼理以塈以濬於是基趾田園溪池林路各得其所羣卉百果靡不畢植越十年餘雲蒸霧滃欝然與武山浮嵐暖翠隱隱相接如波濤洶涌上薄霄漢作亭居之東以領其趣亦取蘇公山為翠浪涌之說以名之也於戲予先世繇金陵徙是邑之爵譽里徙灘江至予凡七世又徙陽岡舉岡覽溪山之廻環念經始之不易期宗嗣之幸綿予未筮仕時郡邑儒

林文士之來游者莫不悅而賦之今年予備員衛府留居京邸進講之暇詢及曩者林棲因舉八詠之畧達於王蒙賜大書厚本堂三字復賜湧翠亭額詠舉子岡詩於是朝之名士大夫繼而作者非一尚冀當路斯文雅德君子好善而忘勢者益為之詠歌以慰予懷蘄無愧於往哲而有勸於來裔是予之志也

秀實堂記

凡植物之盈乎天地間者若百穀草木莫不本於苗而

秀秀而實以為生生不已之資也夫實資於秀秀資於苗苗資於實實堅則苗美苗美則秀蕃秀蕃則實堅其始而通通而遂遂而成成而歛歛而終終而復始造化之妙盖循環於陰陽寒暑晝夜消息啓閉之中固有不可得而言名者矣人之為人也亦然觀其閔閔然而孩幼也棨棨然而成童也恢恢然而弱冠也此苗之美者也挺挺然壯而立也倬倬然強而不惑也渾渾然艾而知命也此秀之蕃者也慥慥然耆而耳順也充充然老

而傳也此實之堅者也人之為學也亦然觀其自灑掃應對而誦詩讀書朝益暮習而小心翼翼者苗之美者也博學審問慎思明辯而篤行之者秀之蕃者也至於反身循理以樂天居易窮神知化以繼往開來者實之堅者也宜吾夫子之形於聲嗟發於氣歎以致警於天下後世之學者也友人段雲錦氏清俊而溫雅質直而好文承其先府君復心詩禮之訓孜孜焉業業焉以謹於自勵重於貽謀如水也日濬其源如木也日培其本

務使其沛乎其不可遏確乎其不可拔此雲錦之志而秀實堂之所以名也予與雲錦生而年同居而里同交而心同其自勵其貽謀之志又無不同故樂為廣其説俾段氏之世世子孫登斯堂者即秀實之義以觀感興起勉學以格物由格物以成德由成德以永慶者無一不在於是焉或問於予曰秀實者段氏之名賢蓋嘗以孤忠勁節而大顯於李唐者矣今雲錦得非其後乎為其後而舉其字以名堂理固可乎予曰可也夫雲錦以

時世悠遠必不欲自附於唐賢其以之名堂而不避者亦將令其祚胄深有慕於前聞人之忠節磊磊落落以益紹其厥光又焉往而不可乎因書以為記

雜著

平勃辨

陳平周勃豪傑之士也其安劉之功未宜以易而論先儒以為人臣之義當以王陵為正理固然也然當時上有吕雉之悍摯諸吕分握兵柄地位根據已有不可得

而卒拔之勢使王陵之正不行而罷陳平正之平之正不行而罷周勃正之勃之正不行而罷三人者盡罷則劉氏之元氣索矣天下為呂氏必矣平勃知其然故不得已而權違高祖之盟從呂后之欲俟后漸老觀釁而徐圖之未為非計也至如勃入北軍令軍士左袒又未可全謂其甚拙兵法貴在臨機應變勃必有以探知軍士為劉之心令之左袒則從之者必多既多左袒則雖有欲右者亦不得不左矣既皆左袒則軍士之心一矣

羣情之疑慮釋矣諸呂馬有不成擒者乎又如陳平推勃先入北軍亦非臨事畏難而偽為謙德也以用陸賈之謀即二人深相結者已久至是而舉事決策皆素有所處矣豈可以平為畏難偽謙哉觀其答王陵之問者已可見其志之有預矣夫何疑哉又觀其功成事定文帝既立輙稱病以右相堅讓於勃又皆可以平為偽乎是未必然也

廣演太極圖說

濂溪周子曰無極而太極太極動而生陽動極而靜靜而生陰靜極復動一動一靜互為其根分陰分陽兩儀立焉陽變陰合而生水火木金土五氣順布四時行焉無極之眞二五之精妙合而凝乾道成男坤道成女二氣交感化生萬物廣演曰混沌之先一氣而已溟涬始芽鴻濛滋萌天地肇分盤古化生立成三極上乾下坤升降造化而品物流形鼓以雷霆潤以風雨日月運行一寒一暑而四時成性命之根原於此也故天清氣上

浮而成象也地濁氣下凝而成形也天陽而地陰天清而地濁天有闢而左旋地有軸而右轉天體圓而色玄地體方而色黄天為神地為祇而有理天乾而地坤乾健而坤順乾剛而坤柔乾動而坤静乾高而坤厚高覆而厚載也覆者穹而上載者夷而下穹而上者尊夷而下者卑尊行而卑從尊倡而卑和尊行倡故為父為君為夫卑從和故為母為臣為妻也日陽精也月陰精也故晝為陽而夜為陰明為陽而晦為陰舒為陽而慘為

陰人則男為陽而女為陰獸則牡為陽而牝為陰鳥則
雄為陽而雌為陰魂為陽而魄為陰神為陽而鬼為陰
氣為陽而精為陰長為陽而消為陰呼為陽而吸為陰
寤為陽而寐為陰語為陽而默為陰行為陽而止為陰
啓為陽而閉為陰淑而君子為陽慝而小人為陰親君
子遠小人則道得而四善興曰維正維直維公維忠而
致十者之祥曰以益以吉以强以樂以榮以安以泰以
盛以永以存天下之福皆歸而治隆必矣親小人遠君

子則道失而四惡興曰維邪維枉維私維奸而致十者
之殃曰以損以凶以弱以憂以辱以危以否以衰以促
以亡天下之禍皆歸而亂替必矣其機如此為國家者
可不慎乎元亨利貞天之道也元者春也物之始也亨
者夏也物之長也利者秋也物之遂也貞者冬也物之
成也誠者物之終始統四德而運乎其間即春木少陽
夏火太陽秋金少陰冬水太陰土則沖氣而行乎四時
也木性曲直其味酸其色青其施為慈仁火性炎上其

味苦其色赤其施為燥熱金性從革其味辛其色白其施為剛毅水性潤下其味醎其色黑其施為圓活土性生物其味甘其色黄其施為厚重人之有三綱猶天之有三光也有五常猶天之有五行也有仁義禮智信猶天之有四時也仁配春木禮配夏火義配秋金智配冬水信則配土而通乎四性也慈愛惻隱之為仁猶駘蕩發舒之為春也節文辭讓之為禮猶欝蒸薰陶之為夏也宜制羞惡之為義猶慄烈肅殺之為秋也辨察是非

之為智猶嚴厲變易之為冬也無惻隱者非仁猶不駘蕩而非春也無辭讓者非禮猶不欝蒸而非夏也無羞惡者非義猶不凛冽而非秋也無是非者非智猶不嚴凝而非冬也四性失一不成德也四氣失一不成歲也歲不成則萬物不育德不成則人道不樹物不育則反常而殃矣道不樹則亂倫而殆矣故曰太極者理也君子之戒慎恐懼所以脩此而吉小人之放僻邪侈所以悖此而凶此之謂也春神青陽夏神朱明秋神蓐收冬

神玄冥主氣行令理則然也故堯法之而命春官羲仲宅於暘谷而掌東作夏官羲叔宅於交趾而掌南訛秋官和仲宅於昧谷而掌西成冬官和叔宅於幽都而掌朔易也木位正東於卦為震生於亥旺於卯而為仲春之溫和也火位正南於卦為離生於寅旺於午而為仲夏之炎燠也金位正西於卦為兌生於巳旺於酉而為仲秋之涼爽也水位正北於卦為坎生於申旺於子而為仲冬之寒沍也土寄四方於卦為坤而與水同生旺

於申子也甲乙夾震與震居東而為木焉丙丁夾離居南而為火焉庚辛夾兊居西而為金焉壬癸夾坎與坎居北而為水焉戊己居中而為土焉巽居東南艮居東北乾居西北坤居西南并坎離震兊合戴九履一洛書之位也乾父坤母而生六子震長男坎中男艮少男巽長女離中女兊少女也春水在人為肝主魂夏火在人為心主血秋金在人為肺主魄冬水在人為腎主精土則為脾主四肢也角亢氐房心尾箕東方青龍之七宿

行木之氣而為春也井鬼栁星張翼軫南方朱鳥之七宿行火之氣而為夏也奎婁胃昴畢觜參西方白虎之七宿行金之氣而為秋也斗牛女虛危室壁北方玄武之七宿行水之氣而為冬也金星太白火星熒惑木德歳星水德辰星土德鎮星二十八宿各奠一方天之經也二曜五星周旋出没天之緯也雷以動之風以散之雨以潤之日以烜之艮以止之兑以説之乾以君之坤以藏之寒暑推遷萬物化醇而歳功成焉占斗之建正

寅二卯三辰四巳五午六未七申八酉九戌十亥十一子十二丑至正而復寅也夏正建寅商正建丑周正建子以天開於子地闢於丑而人生於寅也甲丙戊庚壬陽五干也乙丁己辛癸陰五干也子午辰戌寅申陽六支也卯酉丑未巳亥陰六支也支干輪配為花甲六十而有納音之五行也子有虚日為鼠丑金為牛寅有尾火為虎卯有房日為兎辰有亢金為龍巳有翼火為蛇午有星日為馬未有鬼金為羊申有觜火為猴酉有昴

日為雞戌有婁金為徇亥有室火為豬也其於音也角音屬木春也徵音屬火夏也商音屬金秋也羽音屬水冬也宮音屬土四時也一三五七九陽之數也二四六八十陰之數也故正三五七九十一應六律為陽之月二四六八十十二應六呂為陰之月也自子至午東南為陽其屬陰者陽中之陰也自午至子西北為陰其屬陽者陰中之陽也冬仲者陰極之月也陰極生陽故陽生於子出冬經春漸盛而為夏也夏仲者陽極之月也

陽極生陰故陰生於午出夏經秋漸盛而為冬也猶夜分陰極故當其極而陽生出夜向曙漸明而為晝也日中陽極故當其極而陰生出曙向昏漸晦而為夜也夜分子也日中午也月有二氣六候周一歲之月二十有四氣七十二候凡陰陽氣候一明一晦一泰一否消息於晝夜往來於四時而終始乎萬物者也東木青靈結嶽曰岱瀦海曰阿明其外曰夷南火赤靈結嶽曰衡瀦海曰巨元其外曰蠻西金皓靈結嶽曰華瀦海曰咒良

其外曰戎北水玄靈結嶽曰恒渚海曰愚疆其外曰狄中土黄靈結嶽曰嵩其地曰夏由三皇而立道由五帝而行德歷代明王心法授受以君臨萬邦綱常政教大本相因其所損益變更不過制度文為名號細故而已而五嶽四海九州六合舟車所至日月所照凡有血氣之類莫不尊親此盖聖人應運作興以法天定民之處故又曰中華也天下之物裸蟲三百六十而人為之長毛蟲三百六十而麟為之長羽蟲三百六十而鳳為之

長鱗蟲三百六十而龍為之長介蟲三百六十而龜為之長天下之山五嶽為之尊天下之水四瀆為之宗天下之區九州為之壯天下之草五穀為之貴天下之木松柏為之良也天下之人聖人受命為之主天下之物養生利用為之重天下之事正理明道為之先天下之達尊爵齒德為之上也穀者養民之寶也三春以耕九夏以耘三秋以穫農之時也聖人使之不違其時所以重民食而固邦本也獵者取物以備用也祭者攄誠以

報本也春獵曰蒐以祭曰祠夏獵曰苗以祭曰礿秋畋曰獮以祀曰嘗冬畋曰狩以祀曰烝此聖人律天時以行事庶可以交神明也余嘗以五經配之五行其義若曰書紀德政優柔生育以仁為本經之木也禮記序節文薰陶造就以禮為本經之火也春秋褒貶貴王賤霸以義為本經之金也詩詠情性感發流通以智為本經之水也易有太極該載物理以誠為本經之土也故曰理無定在夫四序之春而夏夏而秋秋而冬冬而復春

復生木也

即萬物之始而通通而長長而遂遂而成成而終終而復始也即日之朝而旰旰而午午而昃昃而夕夕而夜夜而復朝輪運不已而為四時四時不息輪運而為萬世至於無窮此所謂太極此所謂萬殊一本一本萬殊也

松友軒說

有秦五大夫之裔曰蒼官生者繇岱宗之阿不知其幾

還而依於永康賈廷溫氏之黃山以居焉生長身而胡髯氣挺挺出霄漢表廷溫氏識其真梁棟材也雅愛重之越十餘嵗察其所守無少變漸成密友又十餘嵗益親且洽而其直節貞姿往往特立於氷霜肅殺之後迥非朝同夕異者之可擬倫也間以吉日良夜臨風對月開軒相延以披寫心曲泠泠然韡韡然兩不自覺爲方外忘情交也廷溫氏乃得從容訪論而知鼻祖本於徂徠姚姒時子孫嘗有充青州貢者皆至大用厥後多散

處於嵩華峨岷太行王屋巫衡廬霍諸名山支族之蕃至不可紀極又有居南詔居新羅者子息最為盛大（二所産松子最大故云）其以衛主公受封岱宗者生之顯祖也自是而下至晉有十八公者性神靈故嘗入時人丁子賤之夢以為榮貴徵又再傳有七昆仲者則與時之鄭重瑞為金蘭契鄭國以為號而人至今稱之至梁有與山中宰相陶弘景交尤脗合每聞音響輒欣然莫逆而遺世焉至唐有登樞要留禁中者值天子幸蜀偽引疾金馬

門顏色枯槁幾價于死人默不顧龍輿既還復榮茂倍他日遂卓卓以忠鯁鳴又有與藍田丞崔斯立深相結者吟哦和答旦暮無倦歷宋及元著聞傳著若是者非鮮廷温氏高尚希古士也其胸襟瀟洒雖絶塵俗宛然有陶弘景鄭重瑞崔斯立之清者也而蒼官生之先世皆與之魚水膠漆之不翅又況神靈忠鯁之彰彰于前脩也哉宜廷温氏取之為至友額之以名軒將齊其志操同其壽考樂其天年於永久而不渝也予未識廷温氏

因吾郡太守朱侯仲智道其與蒼官生情誼之篤如此信其勵行之不羣而清芬之可掬也方思為文以美之而毛穎陶泓陳玄諸子侍側誦其事於楮先生傳之以為廷溫氏名軒説云

經史疑問五條

禮記曰弟子於師心喪三年則其禮之輕重與父與君自有秩然等差矣孔子卒子貢廬墓六年豈不重於師而輕於父乎且親喪居倚廬古禮也廬墓豈亦古禮歟

子貢於父之喪果嘗廬墓歟嘗六年歟於師乃爾於禮果有在歟孟子亞聖也道必取中極稱子貢之不忘於師而不較其禮之當否豈亦有所說歟

史豫讓曰智伯國士遇我我固以國士報之則其君臣之相得可知矣而智伯之為人倡狂悖戾豫讓豈不知其不可事乎至於凌脇同列貪慾若此不亡何俟讓果嘗於舉事之初强爭而切諫之乎使諫而能聽必不至於身死國滅之禍使其不聽讓不於此時去之乃孑孑

於敗亡之後欲以一死報其國士之遇忠臣固如是乎朱夫子取之載之小學豈亦有所說歟

萬章論大舜之孝有瞽瞍使舜完廩捐階瞽瞍焚廩使浚井出從而揜之予嘗疑之若曰舜為都君有牛羊倉廩干戈琴弦之奉其貴已不小矣有九男二女百官之事其臣僕亦不少矣瞽瞍雖頑於此時尚得使舜為完廩浚井之役乎且捐階縱火與即其未出而揜塌父之慈子害之豈無他計而肯肆其奸宄若是之顯露乎其

奸兇顯露若此之甚象則曰二嫂使治朕棲二嫂堯女也殺其壻而據其女豈全不畏堯之國法與皐陶之明刑乎孟子以好辯名而其弟子之言妄誕若此曾無一語以正之豈孟子亦以為然乎否乎

孔廟伯魚列兩廡子思居四配顔路曾點父子亦然說者以為重道統之傳故爾予嘗於中有不慊焉曰父子之親人倫之首也堯舜之道曰孝弟而已矣三代之學曰明人倫而已夫以才自高而卑侍其親衆人且必不

為況於聖賢肯以道自重而輕視其親哉二三子之列若此豈先儒布寘之未當歟抑固有其說歟

管仲相桓公九合諸侯一匡天下攘夷狄尊周室其功大矣聖人稱之矣而既許其仁矣孟子乃曰仲尼之徒無道桓文之事者漢儒又曰仲尼之門五尺童子羞稱五霸則論語孔子與子貢子路以桓文問答不一而足何歟且當時宗周雖微猶承正統而曰管仲不能致主於王道欲管仲相桓公行王道則桓公必自為王於天

下而不復有宗周之心於理安歟經傳聖賢之論相戾若此豈别有其說歟

書葉咸寧小宗譜後

世之言家世之盛大而久遠者莫不以木本水源爲喻固類乎切且當也予則以爲不然曰必喻之本大而末茂其德與緜緜瓜瓞之義通乎必喻之源深而流長豈德與始于濫觴之義合乎以予論之夫人之家世或初大而終小者有矣或初小而終大者有矣公侯子孫而

為庶為清門蓬門白屋而衮衮生公卿曷嘗有一定之理哉惟在於積德與否如何耳夫何疑乎是知本源之喻徒足使名門之子孫恃其深大而或不謹於德焉烏足以為訓哉今觀天台葉氏之家譜簪纓詩禮繩繩繼繼炳炳朗朗者幾世矣近而推之由宋承相夢鼎信國公而上若太傅若尚書而下若萬户侯者代不乏人焉然是皆以積德累行以賢紹賢斯能致夫盛大久遠益引而不替者如是豈專於本源之深大而遠乎咸寧令

子成信國之聞孫也有學有守見稱士流爲政之暇猶拳拳以增脩家譜爲務求當時名公鉅卿所爲文若詩凡數十篇其子國子生坦聞以示予予旣嘉子成之不忘其先又愛坦之篤學好義而知葉氏世福蓋方殷而未艾也故特闡夫本源深大之諓而專以積德啓後益大其家聲者以爲勸永世不墜之基固在此而不在彼也因書以歸之以詔葉氏之來者觀之者毋以予言爲倨而惕然有警者可也

題月池彭氏族譜後

予生始髫亂已聞月池彭氏為西昌宦族比長得與與文與明與智與和其姪原泰諸君子交則知其祚胤之蕃且盛者為未艾今復見原泰之令子士叔所持家譜乃得徵其數十世歷五六百年翕張隱顯之悉因撫圖歎曰天下膏粱華腴之裔由漢唐閱宋其彰彰著稱者固不少然當元綱解紐兵燹蕩析其顛踣而隕墜者不可勝紀求其有賢子孫能全身保家於滄桑陵谷變遷

之餘宛然如未更亂時者良不多見彭氏自國初以來居宇堂構接棟連甍翬飛而鱗次者不替乎舊也畬畝畝綿阡亘陌沃饒而常稔者不減乎舊也衣冠文物恬退仕進光前而振後者不愧乎舊也譜諜源流分昭布穆明同而辨異者不失乎舊也具是四者誠天下之難得也而彭氏皆有之其先世之所積何其厚歟諸君子又能拳拳協心以脩譜為務考而訂之輯而續之取累朝諸先輩之文而係之求當時名士夫之言以發之

將引而伸之保而藏之以垂示於永久若諸君子之所志又何其厚歟由是而下彭氏之雲仍宜愈遠而愈大則其繼諸君子之志復紹而述之擴而充之以演溢於無窮者又何慮不代有其人歟庸識之卷末以勗諸來者

郭從陵復姓卷跋

邑冠朝郭君從陵既由陳氏而歸其宗矣直史蕭君垣行雅重其誼輙為文以紀之間以示予予申之曰復姓

古禮也孝德也士君子之善行也知古禮之不可違孝德之不可失士行之不可薄者則雖嘗鞠於他族承祀於他族受業於他族成名於他族姓固不可以不復也姓不可以不復則從陵之歸其宗非昧恩於陳氏非背義於陳氏也政欲使陳氏之族姓純一而不亂也欲遵古之禮也欲全孝之德也欲不愧於士之行也然則從陵其賢乎哉尚勉之以蘄大振于郭而猶毋忘于陳哉書此以為從陵美亦以驅後世慼

編脩館與總裁方先生希直書

纂言開館者君上之事也敬事後食者臣子之道也立綱陳紀量材任事者總裁之職也旁搜廣掇詳悉無遺者同寅之務也先生以文行純誠黼黻聖躬首承明命奬率善類領袖斯文足為名教之光不負士林之望實千載而一時此衆人之言也如區區者賦性疎坦為學謭膚然嘗潛心追討或有寸得又不喜輕自售露以為古之學者為己故中心退然不求知於人然或間有黙

契而頗相知者又未嘗不深感而長存之於心也曩者王官均蒙勅問忝在異等之列未幾又有入館之命得陪諸君子函丈之末靜而思之自非一則受知於皇上二則見察於師友類應其能然乎當創始之秋輙辱先生之知而委以稍脩德性一類以備呈覽非敢辭也然愚嘗請以德性問學等數類併考之則得以校量輕重而彼此自分不致參錯未之允許乃僅以舉手所取所謂德性者畧加纘述不過且視其矩矱隊仗若此可否

如何耳然自好自用者固不能無側目於其間者矣且初以摘句取義既而又以成章取法夫成章之法既行宜摘句之義不併也為此事者惟當集衆人所長以君命為重以盡己為心鋪陳布置不厭百改期底於度而已又何可以一時得失計而為之許與哉況今者大綱未立羣論雜出未見指歸而又蒙先生不鄙委以同考史類殊荷愛厚夫考經考史固皆事也然以愚見今采書未有涯際且促諸公勤力廣取俟正旦之後稍見次

第則擇可者數輩分類整理既畢則又互相檢刷戒約偏見疑似必舉而折衷之然後總裁先生通加揆正則衆長畢效矣又況是編係一朝之製作必不宜踐古人之成迹而效其矉捧也今凡例若每章而居然書之然後注書名於尾則不異於萬卷菁華之屬矣若每類居然書之然後曰右爲某事則不異小學與眞西山讀書記矣且欲御覽有益必得開卷了然易見然後爲便豈若學子誦數十條然後見右爲某類乎鄙見如此常顧

過從細議以聆所教又不得良閒茲以嚴命所臨無以自達聊憑楮墨少抒愚衷亦恃以先生之見知而亦自以知先生者決非若餘子之勢交利合貌同心異反側莫據者所可同年而語故不覺其覶縷幸察而諒之為感萬萬不具

保國直言

上篇

歲二月十六日衛府紀善臣周是脩謹再拜譔進保國

直言一篇惟願殿下恕其贛愚賜之采覽庶幾下不負
於為臣忠藎之懇上有資於為國永久之基則中外幸
甚臣聞自古創業的人主平定了天下便選各處好地
面分封親王設王府官護衛軍馬起初造王府脩衙門
多少勞苦百姓這緣故為甚麼一則要子弟親屬都同
享富貴一則要分鎮天下藩屏朝廷怎麼喚做藩屏藩
便是墻籬屏便是屏障人家宅院必要籬障遮護纔得
安穩朝廷便如宅院一般諸王便如籬障一般籬障本

是宅院裏擺布置造要他遮護若籬障堅牢没缺壞宅院裏全賴他得安宅院裏安也主管得籬障無人敢動了便如諸王本是朝廷擺布設立要他遮護朝廷若諸王賢德體得這等本心朝廷實賴他得安朝廷得安也主管得諸王無人敢動了這便是朝廷封建親王的本意諸王之國見好地面城池便想着這是朝廷的好地面城池着我來守着不可不好生守着見好王城宫殿一應家火便想着這是朝廷起造這般整齊着我來受

用不可不好生惜福受用着一見許多王府官護衛官
内官軍士等便想着這是朝廷除撥許多人來輔佐服
事我不可不好生看待他大家保守安樂長遠更常想
着朝廷置一所王國多少艱難今日將富貴論來我已
是皇帝的叔伯兄弟子姪了天下更那箇富貴强如我
是富貴一件不要再求了將快活論來皇帝總管天下
每日坐朝多少事務關心我做王除三護衛整理停當
外其他更無别事喫的穿的住的使喚的都不愁少了

天下更那箇快活强如我是快活一件不要再求了有了這般富貴受了這般快活人生在世儘自足了每日思量只當謹守分限遵奉禮法太平無事脩心積善讀書看古時賢王所為的好勾當學取他不要忘了也要似他留箇好名兒在後世假饒邊境上間有盜賊竊發便當竭心竭力與朝廷分憂大小事務必用奏聞或遣將或親征務要與朝廷平了這盜賊使一方得安朝廷免憂我王每也得安樂這便是賢王每當用心處歷代

諸王多是不理會這等道理將心腸左思量了已前在
朝廷未封時心理也知得這封我做王都由朝廷君父
的恩只怕不得箇好地面管着受用着及至封了領命
之國去了到國半年後或一年後便看城池宫殿官軍
都把做自己有的甚至看着一方山川田土百姓都想
做自已的一向長這等迷心不聽好人勸諫却聽小人
偏處訌動將心術壞了倒把好人看下了做迂濶全不
敬待聽信及至苦諫便生計害他却不思量秀才每一

生讀書必是知理的多他奉着朝廷的命來匡輔王國必是要助王行好勾當不肯昧了心逆了理王能聰明揀他好的言語聽着行着必是無失悞了若果說得不是也含容着休便責他怕他第二回有事當說不敢說了若又果是不才不能匡正顛倒也來訌我做歹勾當王當自覺不從他一向不取送他還朝廷別取好人來輔佐若能似這等思量行遣有甚麽不好且如要做箇賢王本無難處只是將古今人都說是好的幾般謹學

着依着行着將古今人都說是不好的謹防着戒着不行着便是賢王了好的幾般是甚麼便是明人倫敬天理忠君王孝父母和兄弟正內外任賢才納諫諍守禮法安分限知止足恤貧苦立善心行好事保名節這幾般古今人都說是好的不好的幾般是甚麼便是昧天理不忠孝不和順不安分不知足干名犯義好訣要直親小人遠君子尚奢侈自傲自惰耽酒色愛畋游信妖妄尚詐偽殘忍刻毒不責己專責人這幾般古今人都

說是不好的賢王每將那都說是好的日夜思量不忘了將那都說是不好的日夜警戒不犯了有甚麼不快活長享富貴歷代諸王因甚麼多有保不得好名兒只是將古今人都說是好的心裏也知道是好却倚恃着富貴故意放恣不肯謹慎說道便差些也無害將古今人都說是不好的心裏也知道是不好却倚恃着富貴故意放恣不肯警戒說道便犯些也不妨今日似這般想着明日似這般想着添箇無知小人乘這時一謟便

將心術壞了更有一等有德的人臣常存着愛君憂國的忠心但是知得利害關係身命的事便勸王節喜怒戒色慾保惜身命長享富貴這是忠臣十分愛君的心却不聽信甚至倒將這說話無機泄與邪人每使他懷恨着多生見識譖害的也有了知得利害關係國家的事便勸王休聽邪人私地裏擻置起禍保全國家流傳後世這是忠臣十分憂國的心却不聽納倒將這說話無機泄與邪人每使他懷恨着多生見識譖害的也有

了這等本是做人臣思患預防知無不言的好心顛倒不體着使那好人的道理不得行又得怨令日似這般明日似這般全不警省把身子弄得成病了國家弄得不安了若是那時節記着好人說話都把心腸改悔着猶自可以又有直到那時還是執迷不醒的自古至今成名的決是因聽人勸諫壞名的決是因不聽人勸諫不聽人勸諫的那裏有箇保得國家安樂長久保得好名兒在後世的且如照鑒録一書是太祖皇帝憂及子

孫深思遠慮只怕親王每久後不知保身保國的道理
纔方用意編集古今諸王將善的惡的分做兩本裏面
條成直說甚是易曉意思只要子孫每一依着教訓將
善的樣兒學着惡的樣兒戒着便是讀書萬卷也不似
這昭鑒録專為諸王每作說得禍福明白了若各殿下
將太祖的好意思長長念着將昭鑒録熟熟讀着看他
裏面那箇不是依着古今人都說是好的做了賢王那
箇不是犯了古今人都說是不好的留了醜名若是祖

上這般留教子孫不依着便是忘了祖了忘了祖便是逆了天理了逆了天理必是做不出好事做不出好事必是留不得好名這等利害雖是鄉里愚人說與他沒有一箇不省的各殿下皆是聖子神孫又是聰明異衆諸事皆通這些機會有甚麽難曉更有捷徑的言語勸各殿下只是心要放得平正不要他事有過失左右來勸諫便歡喜聽着改過了別人貪財貨耽酒色愛打圍縱軍擾害百姓人都說不是我便戒了不和他一般迷

戀着這便是高處更能教王府官各盡職分我有不是處便來諫我不要阿諛諂佞放縱生事教三護衛軍官各守法律撫恤軍士不要害他也不要縱他我有行的不是便從長勸諫停當不許趍諂依行或致悞事教内官各要謹愼小心安守本職不要倚恃凌人防阻良善務要上下和順不相疑忌凡有事務會同一處商量都說停當纔方施行若是這般同心正大相與沒有私意那裏有不是的事王府擺布無不停當只是要諸王每

安享富貴如國事一付與長史講論古今發明善道一付與紀善軍馬一付與指揮刑名一付與審理承奉只管家務儀衛司只管儀仗其餘奉祠良醫典膳典儀等官各職一事有甚麽不好有甚麽不快活以前諸王有因多欲悞事每日朝夕費盡多少計較勞心勞力倒討不得快活人又不說是好一向迷悞不省把國家大小事務都攬在身上自管着使長史不得管國政紀善不得講論古今開導善心指揮正直的也不得管軍旅審

理不得管刑名其他皆是這般雖有能的不得各盡職分小人得以專擅撥置因此上把國事弄壞了及至壞了要整不得悔却晚了子細思量着甚來由只是不肯將昭鑒録熟看着學好的所以似這般悞事今後殿下既是親見這等無益明白知得只今早夜警省恐怕臣僚不肯盡心匡正以致失悞長存這等畏懼的心天道也助着人心也順着人心既是順必然福禄增長自無災患了且人生在世六親眷屬那裏有箇十分全好都

得如意處只是在我自行好心長的或有愛我不到處我在小越加謹慎敬奉不虧了我為小的道理便好若因他不愛便生不敬的心便是我自虧了心了那裏見得那箇是好那箇不好了在小的或有敬我不到處我在長只合益加修省盡心誠意愛他這便不虧了我做大的道理若因他不敬便生不愛的心便是我自虧了心了那裏見得那箇是賢那箇是愚了所以古人有說做人要盡我的心無虧了便是人有善事我便傳揚着

使他名兒光顯人有惡處我便隱諱着却也不學他這便舜帝平生的好處後人身居富貴多要見他人短處便百般笑話他及至自家有不是處却不肯聽人說這等都是心術上不正性理上不明所以差了若能不似這般聖賢有甚麽難做其他修身齊家治國的道理都載在經書上世代好的歹的都載在史書上甚是明白這幾般動靜只是眼前見過的得失先須省悟了都用心多讀經史討究聖賢的道理學做賢王有誰阻當有

誰不喜歡有誰不稱贊所以古賢人有說不勞已之力不費已之財諸君何不為君子這言語是前賢十分盡意勸人做君子不可不念臣職在輔導若是知得的不盡說心便是不忠了臣怎肯做不忠的人因此上切切勸殿下凡事預先謹慎不肯待有失錯了却說便改也喫力了名兒出了若只將口說又惜忘了因此將心裏要進勸的意思直寫出來與做保國直言殿下誠能鑒臣的心聽臣的言每每常常看着念着依行着必然天

理順鬼神助身家安福禄盛上下無事天下都太平了

臣是脩不勝激切之至謹言

下篇

歳二月十六日衡府紀善臣周是脩敬撰進保國

直言一篇奉勸殿下觀覧修省以成名德又慮王府官

僚難得人人良善是以各府文武大小官員有能同心

協力和順濟事上下無怨者少謹用再述直言下篇專

勸各府官僚將古今見過得失利害長存鑒戒豁然開

悟欣然改化務為君子不墮小人之流則中外幸甚嘗謂自古朝廷封建親王分鎮天下王或未能盡善若得王府官僚人人是君子每日同心協力勸王行好勾當纔有不是的事便不肯輕易奉行務要諫止停當似這般王要輕為也不得為了近世大抵各王府官君子的少小人的多王有行得不是處一兩箇君子苦諫衆小人專意趍承邀求恩寵一面奉行全不思量久後利害倒把君子人不合他意的聞王喜怒生計譖害必要王

將好人踈了他的奸計得行今日似這般明日似這般養成無限的禍根全不覺悟只圖一時得意好房子是他住了好馬是他騎了好衣服是他穿了好婢妾是他得了好伴當是他使喚了君子的道理不得行說話不合因此上諸般都不得那得寵的見是這般不得在上人意却便不安已分生輕慢的心全不敬畏他每日出入十分氣象昂昂得志直到人怨神怒事發敗露他的性命直甚麼只是累了王壞了名悔却晚了且說不到

硬要有文章做大官纔是君子但是小百姓小軍不識一字的却有善心所説的話所為的事都合道理不合理的事不肯為這也便是君子了若夫文章冠世位到極品却心術不正説的行的都不合道理這便是小人了常見有等下愚人説他是小人便十分惱着恨着却不肯閒中思量我既是不愛人説我是小人便是小人不中做了今後將心腸改了專學好人行好心做好事我便是了君子了這箇便是知過必改實做得君子了

下愚的人不會這般思量却只一向怪人說他是小人這便真是無知小人了天下的人那箇不要人說他好只是一時財利迷了不得好心腸的善人開說勸化他所以直做成了歹人悮了一世了若是有好人勸化得利害明白改過有甚麼難處只是將心腸撥轉來便是若又執迷不改這等便與禽獸爭多少禽獸也有教轉了的似這等不肯專一奸邪害人悮事子細看來又不如禽獸了我曾親見過王府多是被這等人訌壞了因

此上切切勸化府中大小執事人等都將以前造禍滅身的常常警戒着不要悞了如王府做長史官的便是古時王相一般專當立心公正上要佐王所行件件依着朝廷法度不敢一些分外同僚并府官有賢德的幾箇每日親着敬着凡事與他從長計校停當纔方行着若有奸惡不正的人便每日勸戒他要他改過做好人不許在王面前起倒生事若是若教不改便會聚議定了啓了王將他押送朝廷去免得蠹壞了王國做紀善

的便是古時王傅一般專當每日勸王讀書看古時諸王好的學着不好的戒着府中大小内外官員軍吏人等要知那幾個是君子勸王敬他聽他說不要聽小人撥置聽君子說的必是保得身體安樂國家長久留得好名兒在後世聽小人說的必是將國家行得差了將名兒壞了更要自己心術正當並無私曲纔方說得他人的不是若是本身自不見得道理明白背地裏思量的做的多是虛詐矯揉却要勸王正當又要說他人不

是必是行不得了做護衛指揮的便當日夜思量我的官爵本是祖父積下功勞方得拖帶我子孫每富貴這官爵富貴自須謹慎保守着一則安樂一世二則流傳後代只今除做了王國護衛官這保守的道理當怎的但當立定忠心與同僚早夜商議將已前各國成敗的動靜思量着大抵得指揮鎮撫千百户等都是正人不肯佐王非為似這般有分曉到底保得王國也安穩本身也榮顯長久若多是邪人專一訌王越理犯分自擅

胡為似這般沒分曉到底把王國也弄壞了本身也禍
滅了又連累着多少好人我與你衆同僚既是眼見這
等利害決是不可輕易聽王行不是的事了便是若諫
受責也强如犯了法得罪朝廷了更要同心商量將所
管軍士撫恤愛惜着不要起一毫私心去虐害他使他
快活不怨我每管他的我也保得身家昌盛若是我和
衆官喫了許大俸禄又不明理要刮削小軍使他抱怨
天理神明也怎肯了又要出入箝束得嚴緊不可些小

放縱所過地面務要私毫無犯使百姓不遭擾害這又是軍官當掛心處做軍官若能使這般有見識小心謹守法度神天也必然鑒着那裏有不長遠安樂的做承奉內官的便當思量我每長在王的左右跟着都要助王做好事保守國土大家同享福壽怎麽是做好事一則要事事依着朝廷的法度不要分毫遺了二則要勸王聽着好人勸諫不要聽小人訌起悮事三則要輔佐王凡事謹慎安靜過活不要奢侈多事傷財害民四則

要各自謹守職分修心積善為國家造福顧本身前程不要虧了好人天理也自然祐着做典膳的便思量助王做好家風要人人喜懽見王的恩意怎麼是做好家風每日只當與同僚商議我職在典膳務要將一應支待的飲食安排得齊整乾淨精細着要人人喫得均平這便是助王做好家風了今後做典膳的當立心公平不縱私意助王禮賢待士上下無怨神明鑒知必然福祿長遠人也稱他做君子了做奉祠的便當知得祭祀

是國家等一件重事我今職在奉祠務要助王致齋致誠敬事神明不可有一毫怠慢的心每日點檢壇場祭器祭服樂舞等件都要整理十分整齊潔淨不可有一件不到處每日又將祭祀的禮儀動靜與同僚并禮生齋郎人等講明習熟不可有一些生踈處更要教訓衙門裏人務使都知得奉事神明必用人人心裏專存着至誠的心為主既是奉事神明的人在家必要孝悌與朋友相交必要忠信所言所行都要合道理不可閒地

裏起一毫歹心專要心地正當着將身子衣服潔淨着事務勤謹着方可奉事神明臨當辦祭時節奉祠官和所屬人等都要同心至誠幹辦買取祭品物料務要兩手交易決不可倚官挾勢害人生怨又不可用刑法催辦但有這等動靜縱是十分便得整齊神明也不享了便如請客筵席一般客知得主人品物是害人討來又打人辦來也必是喫得不安了況是神明至公無私怎肯受非禮辦來的祭祀這等罪過不干王事只是奉祠

所人當着不可不謹做典儀的只當講習禮儀助王治國件件要合禮法迎送接待國都不要失悞了王跟前應答都要正當不可干求恩寵僭越生事做儀衛司官的只管着儀從王有使用必要是合理的勾當纔可奉行若或非理便當勸諫但守本職寧若受責不可阿諛順旨助成過惡悞國禍身悔却遲了做審理的當思量一國刑名都是我管着與同僚商量只要助王寛仁安靜少用刑法大小事務不可聽王一時忿怒自行責罰

或是差了人却說王不是久後生怨生禍似這般要我
審理做甚麽了若件件聽王用法不合常律朝廷將俸
禄養我在王國做甚麽了似這般看來做審理的不可
不佐王輕重一依着律令不要一毫私意出入加減作
弊專憑着天理行事國家也得安本身也稱職了做良
醫的只當精通術業謹守職分勸王保身惜命長享富
貴王府在王左右的人或有是奸邪的專一訌王妄為
不顧後患或有詐偽的專一訌王作偽行詐不循規矩

或有妖恠的專一妄談禍福訌王信好鬼神淫祀求福以致悮國或有親舊的倚恃恩寵挾王威勢小人趨附他的便引進着君子不順他的便離間着不愁悮了國家直至禍敗却罷國中但無這四般的人必然上下安樂了若是有這四般的人長史紀善審理及各衙門并護衛軍官不行覺察同心預早勸王黜去了却行各相看望推調依阿容縱着必是喫他悮了國起着禍來把良善却累了那時節悔却晚了為此上切切勸各王府

官人人省悟做君子同心共力輔佐得王好着也大家得安樂但有這四般的小人併力去了不要說這是王信愛的人不敢說他又說不干我事一日容一日一人推一人不肯省悟那裏有不悞了事的至勸至勸凡王府官不問文武大小職分但在一府便是利害相關怎麽使得不同心不協力共成王事官大的不要倚恃我大便生傲慢在小的心在小的不要倚恃我有見識强如他便生輕慢在大的心這箇便生支節了自家相處

不得快活怎麽濟得國事了爲此切勸各官在大的只合不將官品論着傾心至誠禮待所屬賢能的更相勸戒在小的只合推至公的心同僚有不是處有不知處從長小心勸化更相容忍不計私意不生欺壓妬忌的心凡事專務奉公守法只要停當諸事衆人一心都似這般想着必無失悮了且古人有言家和福自生是治國的更要上下和順君臣相安自然福禄增長氣象光彩祖宗榮顯名留後世了紀善臣周是脩謹勸

芻蕘集卷六

墓誌銘

周是修死京師將歸葬縉將欲為之銘乃發其所自序平生著述有廣演太極圖一卷　類編二卷詩譜集義一卷邇言四卷家訓十二篇集忠貞小傳為觀感録一卷綱常懿範十二卷表狀書策序記傳説論贊銘文數百篇詩賦千餘首周氏族譜一卷其皆非茍作者其人顔色整齊如凜秋峻壁語言真確如利刃霜鍔考其平生所行無一不酧其言者非泛然矜名譽事著述為

文辭比也是修讀書四十年洪武乙亥以明經薦授訓導霍丘陞辭太祖高皇帝奇之留與語改授奉祠歸京師為紀善預翰林纂修以死年四十九是修諱德父諱邦賢祖諱于德曾祖貴禮連世有隱德是用作銘以授其子轅銘曰

已乎是修　不辱廬陵　已乎是修

翰林侍讀學士奉訓大夫兼修國史郡人解縉書

傳

周是修諱德以字行周吉之泰和爵譽里名家其先諱矩者嘗顯於南唐至宋累世有科第其支裔徙灘江里是修所自出也後徙陽岡里舉子岡是修少孤貧自奮於學從游鄉先生胡渚樵渚樵以其孫妻之又從國子學録蕭執先生明詩經初舉霍丘縣學訓導入見太祖高皇帝擢為周府奉祠正高皇帝上賓之明年有告言王過失事王府官屬皆下吏是修以嘗諫得免改衡府

紀善預纂修於翰林數陳論國家大計至指斥用事者
誤國用事者怒衆共挫折之是修屹不為動太宗文皇
帝靖難至京師既渡江馳金川門宮中悉自焚明日是
修客留書其家别其友江仲隆解大紳胡光大蕭用道
楊士奇且付後事遂暮入應天府學自經死六月十六
日也又明日臣民推戴文皇帝繼大統數月御史言是
修數人者不順天命請加追戮上曰彼食其禄自盡其
心一無所問是修内貞外和有孝友忠信之行非其義

雖微不取襟懷坦明灑落而冲澹悠然其學自經史百氏下至陰陽醫卜之說靡所不通爲文章未嘗締思援毫立就而雍容雅贍詞理條達稍暇著述吟詠不虛寸晷所著有詩小序詩集義詩譜論語類編廣衍太極圖觀感録綱常懿範邇言家訓芻蕘集進思集是修汲汲導誘人善人有過失恒爲之隱以是無少長賤貴皆樂親之明知人所薦士如梁用之劉潚𥦗皆知名當世是修之學貞而且純凡於明綱常爲世道計必身履之而

不徒託之空言豈非卓然特立者歟是修卒年四十有九時解胡蕭梁皆見諸文字然屬倉猝不及詳今歿二十有八年矣知是修者獨予在每追念君子清白之節

文皇帝日月之明既照其心豈當遂致泯没耶故述為小傳以授其子轅使傳焉宣德四年九月甲子榮禄大夫少傅兵部尚書兼華蓋殿大學士同邑楊士奇著

墓表

先生諱德字是修以洪武三十五年六月十六日卒於應天府學舍年四十九子轅奉骨以歸既葬矣又謂其地之不吉也以宣德元年十二月壬午改葬陽岡里舉岡之屋後初葬時翰林侍讀學士解公銘其墓久之今少師楊公為之傳先生之賢由是而信於後世今年轅以江都縣學訓導秩滿來北京謁予告曰先人之卒得二公之文誠足以不朽矣今既改葬若揭表墓上豈不

益彰徽顯聞此不肖孤之志也敢請於先生予嘉其孝

而諾之先生之先蓋居泰和爵譽里其後乃徙灕江復

徙陽岡里舉子岡曽大父月溪大父于德父邦賢皆不

仕先生少孤貧喜學力於孝悌忠信其胸次坦夷明白

事非義不為遇人無少長賤貴皆有恩意然於是非白

黑無所混初受業於里儒胡渚樵渚樵愛之以孫女女

焉又從國子學録蕭先生執授詩經學成舉教官授霍

丘訓導太祖高皇帝奇其貌問常所業對曰教鄉人子

弟讀書為善遂停訓導擢為周王府奉祠正尋陞紀善
王聞其好著書使歸取以進予時始識先生清修王立
温然君子也高皇帝上賓王以過失聞府中官屬皆得
罪先生以能諫獲免改衡府紀善入翰林纂修嘗侃侃
論國事詆諸柄臣衆嫉而挫抑之先生不為動太宗文
皇帝靖難至京師宫中自焚先生即為書以後事託其
友暮入應天府學自經死文皇帝以臣民推戴既即位
御史有言周是修不順天命請追戮之上曰彼自盡其

心而已置不問上之心天地之心也嗚呼死者人之所難也先生職預纂修在翰林衆官方疑畏可以不死然而必死焉亦求其心之安而已先生於綱常之誼躬履之如此平生書無不讀經史百氏皆能言其意為文思若湧泉然必根於理而尤好吟詠其所著有詩小序詩集義詩譜論語類編廣衍太極圖觀感録綱常懿範通言家訓芻蕘集進思集其於朋友能相輔以道所最後者若學士解公胡公少師楊公而所舉者侍讀梁公潛

辰州同知劉公叔毖皆以文學德義政事重當時觀其所與與其所舉者則先生之賢益可知矣今卒四十年而有令子汲汲然思著其德於久遠此又可見君子之也故為之書使刻于墓上正統四年八月望日嘉議大夫行在禮部右侍郎翰林侍讀學士國史總裁兼經筵官同邑王直撰

總校官進士臣程嘉謨
校對官編修臣沈清藻
謄錄監生臣縱司焍

圖書在版編目（CIP）數據

芻蕘集 / (明) 周是修撰. — 北京：中國書店，2018.8

ISBN 978-7-5149-2117-5

Ⅰ. ①芻… Ⅱ. ①周… Ⅲ. ①中國文學－古典文學－作品綜合集－明代 Ⅳ. ①I214.81

中國版本圖書館CIP數據核字(2018)第084845號

四庫全書·别集類

芻蕘集

作　者　明·周是修　撰
出版發行　中國書店
地　址　北京市西城區琉璃廠東街一一五號
郵　編　一〇〇〇五〇
印　刷　山東潤聲印務有限公司
開　本　730毫米×1130毫米　1/16
印　張　34.125
版　次　二〇一八年八月第一版第一次印刷
書　號　ISBN 978-7-5149-2117-5
定　價　一二六　元（全二册）